Fierce Attachments
A Memoir

你为什么不离开我的生活?

Vivian Gornick
[美]薇薇安·戈尔尼克 著 蒋慧 译

引言

乔纳森·勒瑟姆

当你准备介绍一本喜欢了很多年的书时,你也许会发现自己又在翻阅之前的版本,你把它捧在手上,逐页翻看,并沉醉其中,你与一些句子重逢,并再次惊叹于它们的立场、新意,以及永远为读者带来惊喜的能力。你也可能迅速翻到开头,期待发现自己的引言印在那里,早已写好——这就是这部作品一次又一次给你的感觉:它知道你的想法。它在剧烈运动,嗡嗡作响地散发着自己的能量,你想做的只是触摸它,勉强改变它的运动轨迹,以便把它推进大众的视野。

我难道不能只说一句,你一定要读一读薇薇安·戈尔尼克的《你为什么不离开我的生活?》?我坚持认为,这本书应该成为广阔世界的一面旗帜,正如它已然是我心中的旗帜——一面引领我前行的旗帜。然而,我捧着之前的版本,发现它有八条推荐语,全都极富说服力,也全都出自女性之手;莫非我竟是第一个为它背书的男人?(我查阅了书架上更早的版本,事实当然并非如此。)薇薇安·戈尔尼克的回忆录有种疯狂、辉煌、独立的特质,这会让一本书从背景中抽离,顺理成章地被推崇为"永恒"与"经典"。然而,这是一本回忆录,以错综复杂的母女关系为中心——至少表面上看起来如此,写于二十世纪八十年代(早于经济繁荣时期),它的作者热心女权主义运动,并为此自豪——即便这份自豪相对隐晦。那么,它是我会喜欢的书吗,更别说展示自己对它的一片真心?答案是肯定的。读者进入《你为什么不离开我的生活?》的途径,既不是猎奇戈尔尼克与她母亲的生活细节,也不是寻求简单的认同——譬如拥有相似的生活背景,甚至不是因为同为女性。

在《你为什么不离开我的生活?》中,认同以另一种方式达成。我们沉浸于书中看似随意实则灼热的赤诚描述,发现自己变成了薇薇安·戈尔尼克(或者以此命名的叙述者),接着变成了她的母亲,然后变成了内蒂·莱文——那个以本书第三主角出现的多情而虚无的年轻邻居,她跟母亲、女儿一起,形成了理查德·霍华德所说的"那种关于情感与情欲的结构,如此一来,我们把自己的生活变成了一个三角形"。

然而,我们的代入感并不局限于这三个人。戈尔尼克在袒露自我的过程中,也让我们与三个男人——她的情人和丈夫斯特凡、戴维和乔——缔结了短暂而炽热的联盟。同样,顺便也结识了布朗克斯的其他几位邻居、一位心理医生,当然还有那位难以捉摸的父亲。戈尔尼克给了这些角色一双眼睛,供他们轮流观察那个一直在观察他们的叙述者,她也给了他们声音,这些声音与叙述者的声音同样敏锐;通过这样的描写——不管篇幅有多短,戈尔尼克把这些人物烙在了纸上。没人能够逃脱她的凝视,她也没能逃过别人的凝视。我不是在说公平,公平是一种在文学上被高估的优点,在生活中或许也是如此。也许有人会说,戈尔尼克摧毁了她笔下所有的角色,但照此说来,她同样摧毁了自己。我更愿意这样形容:她就像一位魔术师,把桌布从下面塞满机关的桌子上拉了起来,却奇迹般地让自己与自己笔下的角色完好无损,并且闪耀着我觉得只能用爱来形容的光芒。严苛的爱,他们是这么说的。

写到这里，我也许就该停笔，但我想再向这位回忆录作者和散文家致以少许同为写作者的敬意，当然也是我个人的敬意，她跟菲利普·洛佩特、杰夫·戴尔一起教会了我如何从对自己的描述中剔除废话。我不愿给她冠以"作家中的作家"这种头衔，但《你为什么不离开我的生活？》应该被誉为一位绝顶高手的作品，她将场景与对话写得十分精练，将包袱藏得很深，留白也用得恰到好处，她的这种控制力让我至今仍在思考，为何她从未涉足小说，毕竟她曾在评论中滔滔不绝地表达过对小说的热爱。《你为什么不离开我的生活？》正如我喜爱的许多作品，也从矛盾修辞法中汲取了力量。下面这一段描写的是，一个未来的作家意识到自己就是一个作家，不管结果如何，不管前路是多么不明朗；在所有关于这个主题的描述里，它是我的最爱：

婚后第二年，那个矩形空间第一次在我体内出现。当时我在写一篇文章，那是一篇研究生评论，它毫无征兆地绽放成了光彩照人、条理清晰的思想。一个个句子在我心中翻腾，它们奋力涌出，每一句都在飞速移动，将自己放在前一句身后。我突然发觉，一个形象控制了我：我能清晰地看到它的形状和轮廓。这些句子正在试图填满那个形状。这个形象就是我的整个思想。在那个瞬间，我感到自己豁然开朗。我的五脏六腑化作一个矩形，里面满是纯净的空气与整洁的空间，它起于我的额头，终于我的鼠蹊。在这个矩形的中央，只有我的身影，它耐心地等候自己被阐释清楚。我体验到一种无与伦比的快乐。

之后在这本书里，戈尔尼克似乎在哀叹这个矩形没能茁壮与扩大，没能在她的生命中占据更大的领地。这个矛盾是双重的：你手里的这本书——这本描述此种阻力与挫败的书，恰恰证明戈尔尼克的矩形成功地做到了这一点。它不仅占据了她的生活，也在读者阅读这本书时，占据了读者的生活。然而，尽管如此，它却依然像她第一次描述它的外形时那样私人而局部：跟她的身体正好一般大小。

乔纳森·勒瑟姆的小说有《孤独堡垒》《布鲁克林孤儿》,后者曾获美国国家书评人协会奖。他还著有短篇小说集《人与漫画》及随笔集《失望艺术家》。他现居纽约市布鲁克林区。

你为什么不离开我的生活？

那年我八岁。母亲和我出了家门,站在二楼的走道里。隔壁公寓门开着,德鲁克太太抽着烟,站在门口。我母亲边上锁,边问她:"你在这儿干吗呢?"德鲁克太太扭头看向自己家:"他想跟我上床。我跟他说,他得冲个澡才能碰我。"我知道,"他"指的是她丈夫。"他"总是指代丈夫。"为什么?他就这么脏?"我母亲说。"我觉得他脏。"德鲁克太太说。"德鲁克,你真是个娼妇。"我母亲说。德鲁克太太耸耸肩。"但我不能搭地铁。"她说。在布朗克斯区[1],

---

[1] 美国纽约市五大区之一,位处纽约北面,居民以非洲和拉丁美洲后裔为主。——译者注,以下均为译者注

"搭地铁"是上班的婉称。

自六岁起,至二十一岁,我一直住在那里。楼里共二十间公寓,每层四户。我所记得的,是一栋满是女人的大楼。至于里面的男人,我几乎没什么印象。自然,他们也无处不在——丈夫、父亲、兄弟,但我只记得女人。并且在我的印象中,她们要么跟德鲁克太太一样粗俗,要么跟我母亲一样强悍。她们说起话来,仿佛从不清楚自己是谁,也不明白自己与生活达成了什么交易,但常常表现得心中有数。她们精明、易怒、胸无点墨,恰如德莱塞[1]笔下的人物。表面的平静能维持上许多年,之后恐慌与野蛮突然爆发:两三条生命留下了伤痕(也许已被彻底毁灭),接着动荡便会平息。再一次:愠怒的沉默,情欲的冷淡,日常的拒绝。而我——在她们之中长大、依她们形象塑造的女孩,我吸收着她们,就像从盖在脸上的纱布里吸入麻醉剂。我用了三十年,才明白自己对她们的了解究竟有几分。

---

[1] 西奥多·德莱塞(1871—1945),美国现实主义作家,代表作有《嘉莉妹妹》。

我和母亲出门散步。我问她,还记不记得布朗克斯那栋楼里的女人。"当然。"她答。我告诉她,我一直觉得,她们之所以如此疯狂,是因为对性事深感愤怒。"没错,"她没有停下脚步,"记得德鲁克吗?她常说,跟丈夫做爱的时候要是不抽根烟,就会想把自己从窗口扔出去。还有齐默尔曼,住在大楼对面的?她十六岁的时候,他们就把她嫁给了他,她对他恨之入骨,她说过,倘若他死在了岗位上(他是建筑工人),那真是老天开眼。"母亲站住了。她想起一件可怕的事,声音随之小了下来。"其实他对她施过暴,"她说,"他会从客厅中央的地板上把她抱起来,一路拎上床。"她盯着不远处发呆。过了一会儿,她说:"那些欧洲男人。都是禽兽。完完全全的禽兽。"她又开始往前走。"有一次,齐默尔曼把他关在门外。他按响了我们家的门铃。他都不敢看我,只问,能不能借用我们家的安全梯。我一个字也没答。他穿过屋子,爬出了窗户,"母亲笑了起来,"那个安全梯,总算派上了用场!记得楼上的西萨吗?哦,不,你肯定不记得。我们搬去后,她只在那里住了一年,之后俄罗斯人就住进了那间公寓。西萨和我关系很好。现在想起来,可真是奇怪。我们几乎不了解对方,大家都是,有时根本互不交谈。但我们都住别人的楼上,在彼此的公寓里进进出出。无论发生什么,每个人都能立刻知晓。在楼里住上几个月,女人们就变得,唔,亲密无间。"

"这个西萨。她当时是个年轻漂亮的女人,刚结婚没几年。她不爱自己的丈夫,也不恨他。他倒是个挺好的男人。怎么说呢,她不爱他,每天都会出门,我觉得她在什么地方有个情人。对了,她有一头乌黑的长发,一直垂到腰际。有天她剪掉了长发,想变得摩登一点。她丈夫没说什么,但她父亲走进家门,看了一眼她剪短的头发,兜头给了她一巴掌,打得她几乎见着了死去的祖母。接着,他叫她丈夫把她在屋子里关了整整一月。于是她会从安全梯上爬下来,从窗口跳进我们家,然后出门。整整一个月,每天如此。有天她回来的时候,我们正好在厨房喝咖啡。我对她说:'西萨,告诉你父亲,这里是美国,西萨,美国。你是个自由的女人。'她看着我,说:'什么叫告诉我父亲这里是美国。他出生在布鲁克林。'"

我跟母亲的关系并不好,年岁越长,往往像是越糟糕。我们一起困在狭小的熟人圈子里,焦灼而紧密。一连几年,我们的关系略显疲惫,像是一种缓和。接着怒火再次出现,它滚烫、清晰,并且性感,吸引着我们的注意力。此时,我们的关系很差。我母亲应对这种时刻的办法是,拿一些事实当罪状,在众人面前大声斥责我。她一见我,就说:"你恨我。我知道你恨我。"我去看她时,她会对屋子里在场的任何人——邻居、朋友、我哥哥、我侄女——这样说:"她恨我,我不知道她哪里对我不满,但她恨我。"同样,她也能在跟我一起出门散步时,拦下街头的陌生人,说:"这是我女儿,她恨我。"接着她会转向我,恳切地问道:"我究竟对你做了什么,你竟这么恨我?"我从不回应。我知道她很恼火,我乐意令她恼火。为什么不呢?我也很恼火。

不过,我们总是一起在纽约街头散步。如今我们都住在曼哈顿下城,寓所相隔一英里[1],探望彼此的最佳交通方式就是步行。我母亲是城市底层,而我是我母亲的女儿。这座城市是我们生存的土壤。每天,我们都会与公交车司机、流浪女人和街头疯子相遇。散

1　1 英里约为 1.61 公里。

步能激发我们最好的一面。今年我四十五岁，我母亲七十七岁。她身体康健，轻轻松松地就能与我一起横穿安全岛。散步时，我们并不相亲相爱，常常冲对方发火，但我们还是会一起散步。

我们在一起时，最美好的莫过聊起往事。我对她说："妈，记得康菲尔德太太吗？再跟我讲讲那个故事吧。"她便愉快地再次为我讲起那个故事。（她讨厌的只是现在；一旦此刻变成了过去，她就会立刻爱上它。）每每她讲起某个故事，它既和从前一样，又有些许不同，因为每次我都长大了一点，我会抛出一个上次没问的问题。

母亲第一次告诉我她的舅舅索尔曾企图跟她上床时，我二十二岁。我静静地听着：既专注，又害怕。故事的背景我早就了然于心。她是家里十八个孩子中的老幺，这十八个孩子里，只有八个长大成人。（想象一下，我外婆有二十年一直在怀孕。）一家人从俄罗斯徙至纽约时，索尔——我外婆最小的弟弟——也跟了过来，他跟我外婆的长子同龄（我外婆的母亲同样怀了二十年的孕）。我母亲的两个哥哥比家人早来纽约几年，他们进了服装业，在下东区给一家十一口租了一间只供应冷水的公寓：浴室在大厅，煤炉在厨房，一排卧室又暗又小。我母亲当时还是个十岁的孩子，夜里就睡在厨房的两把椅子上，因为我外婆收了个租客。

"一战"中，索尔应征入伍，被派去了欧洲。待他回到纽约，我母亲已十六岁，是唯一还住在家里的孩子。他就这样来了，像一个迷人的陌生人。那个在他离开时还是小女孩的外甥女，如今有了女人味，她双眸漆黑，一头光滑的棕发剪成了时新的波波头，挂着变幻莫测的微笑，这些特质她装作不知如何运用（这是我母亲的一贯风格：无比妩媚，却毫不自知），他睡在与她两墙之隔的小卧室里，她父母则在公寓尽头的房间里大声打鼾。

"有天晚上，"我母亲说，"我从睡梦中惊醒，我也不知道是为什么，只见索尔站在我身边，我问他'怎么了'，以为父母出了什么事，但他的样子很古怪，我想，也许他在梦游。他什么也没说，只是抱住我，把我带到他的床上。他将我俩一起放倒，把我抱在怀里，开始摩挲我的身体，接着撩起我的睡裙，摸起了我的大腿。突然之间，他把我推开，说：'回你自己床上去。'我站起来，回到自己的床上。后来，他只字不提那天晚上的事。我也没有说过。"

第二次听这个故事时，我三十岁。我们在六十街的莱辛顿大道散步，她几乎是一字不差地复述了这个故事。在她快讲完时,我问:"整个过程中,你什么都没跟他说?"她摇了摇头。"怎么回事啊,妈?"我问,她睁大眼睛,噘起了嘴。"我不知道,"她困惑地说,"我只知道,我当时吓坏了。"我古怪地(如她所言)看着她。"怎么了?"她问,"你不满意我这个答案?""不,"我否认,"不是这样。我只是觉得奇怪,你居然一言不发,居然一点儿都没表露自己的恐惧。"

她第三次讲这个故事时,我年近四十。我们走在第八大道上,快到四十二街时,我对她说:"妈,你有没有想过,索尔动手时你为什么没出声?"她迅速地瞟了我一眼。不过这次,她听懂了我的意思。"你想说什么?"她生气地问,"你是不是想说,我喜欢那样?你是这个意思吗?"我紧张而愉快地笑了起来:"不,妈,我不是这个意思。我只是说,你一言不发,有点奇怪。"她又一次说自己当时吓坏了。"得了吧。"我尖锐地说。"你真恶心!"她站在大街中央,冲我大发雷霆,"我聪明的女儿。你这么聪明,我真应该送你进大学再拿两个学位。我希望我的舅舅强奸我,是吗?真是个新颖的想法!"那次散步后,我们一个月没搭理对方。

布朗克斯区是外来民族的领地拼图：四五个主要由爱尔兰人、意大利人或犹太人占据的社区。不过在每个区域的异族人占比——譬如爱尔兰人在犹太人街区的比例、犹太人在意大利人街区的比例——都有限额。关于这种变化，纽约居民登记表上已经留下了许多印记，不过对于那些在成长过程中遭到爱尔兰人和意大利人攻击或犹太邻居排挤的人，他们额外的外来者身份却不那么一望即知，因为共同的街头生活判定了他们同属一个阶层。我家在意大利社区生活过一年。学校里，只有我和我哥哥是犹太小孩，我们过得很惨。就是这样：很惨。搬回犹太社区后，我哥哥如释重负，因为再不需要担心每天下午被那些称他犹太天才的孩子殴打，但他的生活并没有发生根本的改变，表面上没有，实质上也没有。事实上，在我们之中，那些意大利人、爱尔兰人、犹太人身上的"异质性"带来了风情与趣味，它是一种鲜明度，也是一种令人兴奋的优势，明面上令人害怕，暗地里却很受欢迎。

我们楼里除了一楼的一户爱尔兰人、三楼的一户俄罗斯人，还有一位波兰管理员，其他的都是犹太人。俄罗斯人一家高大沉默，在楼里简直神出鬼没。爱尔兰人一家身材瘦削，金发碧眼，嘴唇很薄，面无表情。他们在我们当中同样是影子般的存在。大楼管理员和他的妻子也很沉默,从不主动跟人说话。我想,身为众人之中的少数分子,最主要的就是:会让你变得沉默。

我母亲要是继续生活在意大利人当中,或许也会变得沉默;邻居想与我们亲近时,她会带着无言的焦虑,一把抱起自己的孩子,正如每当我们楼里的女人想给其中一位"爱尔兰金发女孩"理一理头发,卡西迪太太就会做此反应。然而,我母亲并不是众人之中的少数分子。在这里,在这栋全是犹太人的大楼里,她很自在,在社交场合的表皮与隐秘内心的骨肉之间,她有足够的游走空间,能自由地表达自己,变得热情而尖刻、失控而慷慨、讽刺而挑剔,有时,还会展现她所理解的深情:她在满心洋溢着自己最害怕的柔情时,呈现出的那种粗暴而强横的做派。

我母亲在这栋楼里与众不同,因为她说英语时不带口音,举止也透露着笃定。虽然我们家的大门总是关着的(通过这一点,能区分谁受过良好教育,谁更像农民;前者注重隐私,会让家门紧闭,后者的大门却总是敞开一半),但邻居们觉得自己随时能来敲门:借一点厨房里的必需品,分享一则大楼里的八卦,甚至是让我母亲去给一次偶然的争吵当公断。这种时候，母亲仿佛一位英才，面对庸人的幼稚行为，她有些尴尬。当齐默尔曼太太因为一些或真实或假想的小事，过来找母亲倾诉某位邻居对她的背叛时，母亲就会屈尊俯就似的，微笑着说："哦，齐默尔曼。"当她听说了一件她觉得下作或愚蠢的故事时，她会冲口而出："真傻啊。"或是："这太荒唐了。"事有两面，见仁见智——她好像从没为这个观念困扰过。她所知道的是，比起身边的女人，她是"文明的"——一个拥有更高级的想法与感受的人，所以，有什么可想的呢？"文明"是她最喜爱的词语之一。倘若礼拜六的上午，齐默尔曼太太在走廊里大声讲话，坐在公寓门后厨房里的我们会面面相觑，我母亲必然会摇着头发表意见："一个不文明的女人。"要是有人取笑黑人姑娘[1]，我母亲会仔仔细细地向我解释，这种想法是"不文明的"。倘若杂货店里起了关于价格或重量的纷争，我也会听见"不文明"这个词。每当她说出"不文明"一词，我父亲就会对她露出微笑，不知是出于宽纵，还是觉得骄傲。我哥哥则面无表情地看着她，他十岁便开始警惕这个词。而我，我吸收着她那些话的感觉，汲取与之相随的手势与表情，以及每一丝复

---

[1] 原文为意第绪语，贬义。

杂的冲动与意图。妈妈觉得周围的每个人都不文明，他们的话大多荒诞不经，她的这个想法印在了我的心上，就像染料附着在最易吸色的布料上。

这间公寓一共五室，所有空间相互连通。这是一间廉租公寓，不是车厢式公寓[1]：没有一扇窗户面向天井。推开大门，便是一个小小的门厅，它连着厨房。冰箱立在厨房右侧的门厅里，背朝一面与浴室成直角的墙。浴室是长方形的，面积很小，有一扇油漆木门，门的上半截嵌着磨砂玻璃。门厅后面是两个一样大小的房间，中间隔着两扇带绷纱的玻璃门。第二个房间正对马路，午后会溢满阳光。在这个前厅的两侧，各有一间小小的卧室，一间同样面朝马路，另一间朝向大楼的后排。

因为前厅和一间卧室临街，我家被视作理想的寓所，一个"朝前"的公寓。几年前，一个同样在我们街区长大的男人对我说："我一直以为你家比我们的有钱，因为你家朝前。"虽然住在这样的公寓里通常

---

[1] 火车车厢式公寓，每层所有公寓排成一线，公寓内无门厅过道，房间狭小。

的确意味着，比起那些无比凄凉地住在朝后公寓里的家庭，这些家庭的男主人挣得更多，但我家之所以住在朝前的公寓，有一部分原因是她自称对必需品有更深刻的理解，她坚持认为，除非我们落到领福利金的下场，否则朝后的公寓便不在考虑范围之内。然而，我们——我是指我和她——其实过得"靠后"。

我家厨房的窗户正对大楼后面的小巷，隔壁大楼的厨房也是这样，另两栋楼同样如此。所有的公寓共用一个方形街区，那两栋楼的入口就在街区的另一侧。巷子里既没有高树，也没有灌木，连一棵草都没有，有的只是混凝土、铁丝网和木杆。然而在我的记忆中，那条小巷阳光明媚，空气芬芳，不知怎的还总弥漫着一股夏日的青绿气息。

小巷一照到晨光（我家的厨房整个上午都十分明亮），女人们就会举行同样的仪式：早早地在水槽里的搓衣板上洗好衣服，然后一件件晾到太阳底下。小巷里纵横交错地挂着约莫五十条晾衣绳，它们遍布一楼至五楼，悬在水泥地上的高木杆之间。每间公寓都有自己的晾衣绳，它跟另外的十条晾衣绳一起挂在木杆上。每根晾衣绳上的衣物都会干扰上面或下面衣物的自由翻飞，因此这样的景象并不罕见：一个女人用力拉拽晾衣绳，试图将自己的衣物从一堆床单和裤子的缠夹下抖出来。她或许会一边拽晾衣绳，一边喊着："贝尔——莎——，贝尔——莎——，你在家吗，贝尔莎？"朋友们分散在巷子两侧的几栋大楼里，白天她们一直互相呼唤，做各种各样的安排。（"你什么时候带哈维去看医生？"或者，"家里有糖吗？我让玛丽莲过来拿。"或者，"十分钟后街角见。"）多少激荡与生机啊！清新的空气，明媚的阳光，女人们彼此间的呼唤，混合着衣物味道的噪音，在空地上摇曳的所有纹理与色彩。我带着期盼探出厨房的窗户，那感觉我至今记忆犹新，它身披柔和而明亮的绿色。

对我而言，家中最刺激的就是厨房和厨房窗外的生活。那是一种真正的刺激：它由冲突生发而来。在厨房里，我一边做作业，一边和母亲做伴，看她如何准备并开展一天的工作。也正是在这里，我发觉她既有能力也有精力轻松地完成自己的任务，但她不喜欢家务，也不把它当回事。她什么也没教过我。我从没学过烹饪洒扫，也没学过熨烫衣服。她自己却是一个游刃有余的厨子，一个手脚极快的保洁，一个神乎其技的浣衣女。

尽管如此，我和她还是终日盘踞厨房。虽然我母亲仿佛从不留心去听巷子里的事情，但她什么也不会错过。每个人的声音、晾衣绳上的每个动静、床单的每一次翻飞，她都听了进去；每一声呼唤、每一场交谈，也都被她记在了心里。我们一起嘲笑这个人的蹩脚英语与那个人的口无遮拦，这里的一声刺耳尖叫与那里的一句惊人咒骂。她对窗外生活的现场评论让我第一次尝到了智慧的果实：她知道该怎样将闲聊化作知识。听到一个声音拔高了八度，她就会发现："今天早上她和丈夫吵架了。"或是一个声音降低了八度，她也能察觉："她的孩子生病了。"她还能从一次短暂的交谈中诊断出一段即将转淡的友谊。她的这个本领让我兴奋，叫我激动。在她梳理巷子里的人类活动时，生活似乎变得更饱满，更丰富，也更有趣了。那一刻，我感到我们与窗外的世界之间有一种实时的联系。

那个厨房，那扇窗户，那条小巷。那就是她扎根的环境，也是她鹤立的背景。在这里，她聪明、风趣、精力充沛，能充当权威，也颇具影响。但她看不起自己身处的环境。"女人，啧！"她会说。"晾衣绳和家长里短。"她会说。她知道有另一个世界——那个世界，有时候她觉得自己想要的是那个世界。糟了。她会停下手里的活儿，久久地凝视水池、地板或炉灶。在哪里，在哪里？怎么去？什么样？

这就是她的处境：在这个厨房里，她有自知之明；在这个厨房里，她烦躁且无聊；在这个厨房里，她把家务干得无可挑剔；在这个厨房里，她鄙夷自己的所作所为。她对自己所说的"女性生活的空虚"深感恼火，又在分析小巷里的复杂情势时放声大笑——那笑声我至今都还记得。早上消极，下午叛逆，她每天被创造，也被毁灭。她如饥似渴地抓住自己唯一能够得到的东西，并渐渐爱上自己的勃勃生机，然后，她又感觉自己简直像个叛徒。她怎么可能不献身于如此分裂的生活？我又怎么可能不倾心于她的献身？

"记得罗斯曼夫妇吗？"我们沿第六大道四十街散步时，母亲突然问道。我们搬进那栋大楼的头两年，他们住在齐默尔曼的公寓里。

"当然记得，"我说，"要知道他俩可是一对很有意思的夫妻。"

罗斯曼太太是犹太版的科莱特[1]：丰腴、黝黑，狐狸似的美脸上生了一对长长的黑眼睛，灰黑色的卷发在头顶盘成一个圈。她沉迷打牌，不停抽烟，大大方方地承认自己对家庭不上心。她家总有牌局，据我母亲说："灶台上整天煲着一锅屎，等她丈夫下班回到家，那东西吃起来就像我祖母的旧鞋子。"不过我母亲的语气不像指责，反而很亲热。她喜欢罗斯曼太太，因为十年前罗斯曼太太也是第二十九租户委员会的一员，那个委员会坐落在三个街区开外的一栋大楼里。

我自幼便知道，我父母是共产党的同道中人，而且他们两人中，我母亲更热心政治。我出生前，她曾站在布朗克斯的街头演讲台上，呼吁经济公平和社会正义。事实上，她被剥夺的一系列权利当中，就有这一项：要不是为了孩子，她也许会成为一个天才公众演说家。

在大萧条时期，共产党出资开设了租户委员会，成立这些组织，是为了防止租客因拖欠租金被赶出房子。我母亲成了第二十九租户委员会的负责人（"我

---

[1] 西多妮·加布里埃尔·科莱特（1873—1954），法国女作家，代表作有《吉吉》《谢里宝贝》等。

是那栋楼里唯一讲英语没口音的女人,所以自然而然地当选了负责人"),她这个负责人一直当到了我出生后不久,当时我父亲让她"放下一切",待在家里照顾孩子。她说,在此之前,她一直在管理委员会。管理委员会的妈妈是我的童年经典。"每个礼拜六上午,"她向我讲述,就像其他母亲给她们的孩子讲"玛丽有一只小羊羔"那样,"我会去联合广场的共产党总部,接收下个礼拜的指示。然后我们安排工作,继续运作。"她多喜欢这么说呀:"然后我们安排工作,继续运作。"她重复这句话时,声音常有纯粹的快乐,比跟我讲别的话时都快乐。

第二十九租户委员会的成员大多是我父母当时居住的那栋大楼里的女人:粗俗而积极的犹太移民。她们之间的邻里之情掺杂了政治上的同志之谊。当我们搬进了这栋大楼——我们在布朗克斯区的最终居所,我母亲发现罗斯曼太太住在隔壁,她邂逅的仿佛不是一位老友,而是一位家人,在这个家人面前,她曾惊讶于自己思想与精神上的复杂波动。她和罗斯曼太太都很欣赏彼此对政治活动的理解力,这些政治活动在她们内心深处激起过强烈的感情。

她们一起在委员会度过的时光中,有一件事令她们记忆犹新,在她们看来,那件事完全无关政治。她们常常一起回忆这件事,同时不停摇着头,沉浸在惊叹里。在大萧条时期,有一年夏天,委员会的女人们在卡茨基尔山的一个别墅度假村给自己和家人租了房子。大多数家庭会租两个房间(丈夫和妻子一间,孩子一间),不过,也有一些家庭勉强挤在一个房间里。女人共用一个厨房,男人周末才过来。

一行共十五个女人,我母亲说,她在那个厨房里对她们的了解,比过去两三年在布朗克斯一起工作时的还多。有个叫佩西的,她说:"蠢透了,就算把屎放在桌上,她都会说是蜂蜜,不过她是个好同志,不管我叫她做什么,她都会不假思索、毫无怨言地完成任务。"还有个叫辛格的,"细腻的人儿",她讨厌其他人的粗俗。以及康菲尔德,"一个皮肤黝黑、看上去很热情的女人,她从不主动发表意见,总是等旁人讲完,有人问及她的想法,才会开口,但她总是能说出一些聪明的看法。"当然还有罗斯曼,精明、随和的罗斯曼,什么都逃不过她的眼睛。她能一边发牌,一边将一切尽收眼底。

那个夏天,我母亲发觉佩西"胃口很大,你知道我的意思吧?"。辛格则是个麻烦精。"她总是晕倒,一旦有事发生,辛格就会两眼一翻,昏死过去。"而康菲尔德,唔,康菲尔德是另一个故事。

礼拜六将近中午的时候,佩西穿着睡衣过来了,她一边打哈欠,一边搓揉着身体。其他人见状笑了起来。"喏,佩西,"有人发问,"告诉我们,昨晚你干了什么?是干了什么好事吧?"佩西哼了一声:"有什么好说的?做必须做的事,然后转过身,屁股对着屁股,睡觉。你想让我告诉你什么?"但她红了脸,笑眯眯的,像是藏了一个秘密。辛格会别过头去。康菲尔德则坐在厨房的一角(她就是那种穷到租不起两间房的人,他们夫妇跟三个孩子睡在一个房间),她比往常更加沉默。

一个礼拜天的晚上,男人们都回了城里,女人们全坐在走廊上,突然有人问:"康菲尔德去哪儿了?"她们环顾四周,非常确定,康菲尔德不在这里。她们开始呼唤:"康菲尔德,康菲尔德。"没有回应。她们走进她的房间,孩子都已睡熟,但康菲尔德不在。于是她们两两结伴,分头去找。("晦气,"我母亲说,"我跟辛格一组。")每人手里拿着一只手电筒("你知道那个时候的乡下有多暗吗?"),开始对着空气大喊:"康菲尔德,康菲尔德。"

"我们奔走了肯定有一个多小时,"我母亲说,"就跟疯子似的。接着我定睛一看,有个黑色的影子一动不动地躺在路中央,看不清那是个什么东西。当时我们离农场大约半英里。辛格立马又要晕倒。我的目光从路上移到辛格身上，又从辛格身上移到路上。'闭嘴，辛格，'我说，然后我转身对路上的那个东西说，'起来吧，康菲尔德。'辛格的嘴巴张开又合上，没有发出任何声音。路上的东西没动。我又说了一遍：'康菲尔德，起来。'然后她就站了起来。我推着辛格转过身，陪她走回了农场。"

"你怎么知道那是康菲尔德太太？"我第一次听到这个故事时，这样问过。"我也不清楚，"我母亲说，"我就是知道。我一下子就知道了。"又一次听这个故事时，我问："你觉得，她为什么这么做？"我母亲耸耸肩："她是个感情充沛的女人。你知道的，四十年前犹太人还没那么大胆——不像一些我可以点出名字的人那样，他们跟孩子待在一个房间，就不会做爱……也许她是想惩罚我们。"另一年，母亲的话让我一惊："那个康菲尔德。她讨厌自己。这就是她这么做的原因。"我让她解释一下什么叫"讨厌自己"，她却说不上来。

不过，在康菲尔德的这个故事里，令我印象最深的却是：罗斯曼太太很佩服我母亲，因为她居然知道路上的那个东西是康菲尔德。罗斯曼太太其人，在性的方面比整栋楼里所有的女人加起来都要精明，而且,她觉得我母亲是工人阶级的浪漫主义者。

"记得那两个女孩吗?"快走到时代生活大厦时,我母亲问道。"她跟罗斯曼生的两个女儿?"罗斯曼太太年轻的时候有个情人,一名意大利共产党员,他让罗斯曼怀了孕,自己却死了。罗斯曼先生爱慕她,娶了她,并且对那个孩子(是个男孩)视如己出,后来,他自己也有了两个孩子。

"记得,"我说,"我记得那两个女孩。"

"那你记得打仗的时候,那个小女儿得了肺炎吗?当时她应该是十七岁。他们以为她快死了,那个时候得肺炎会死人的,所以,我把她买了下来。从此之后,她便叫我妈妈。"

"你把她什么?"我停下了脚步。

"我把她买了下来。我买了她。你知道的,犹太人相信,如果你爱的人有生命危险,你就卖掉他们,这样就能避开魔鬼的目光,"她笑了,"他们要是不属于你,会怎样呢?"

我紧紧地盯着她。可她没理会我的目光。

"罗斯曼走到我家门口,对我说:'这丫头快死了。你买下她好不好?'于是我就买下了她。我记得好像给了罗斯曼十美元。"

"妈,"我说,"你知道这是乡下迷信,是无稽之谈,你居然还是参与了?你答应买下她了?"

"我当然答应了。"

"但是,妈!你们俩都是共产党员啊。"

"喏,听着,"她说,"我们必须救她的命。"

我父母会在公寓中央的那两个房间里择一而卧,有些年在后面那间,有些年在前面那间,与此同时,空着的那间就成了客厅。许多年里,他们拖着一台巨大的飞歌收音机和三样丑陋的家具(一张软包沙发和两把覆栗色羃金线布的椅子),在前厅和后室之间来回挪动。

我长大后,一直想不通我父母为什么没有给自己留一个小房间,换言之,为什么他们一直睡在家里的公共区域。二十岁的时候,我向母亲提出了这个问题。她盯着我看了大约三十秒,然后说道:"我们知道,孩子们都需要属于自己的房间。"我也盯着她看了三十秒。她将自己的婚姻打造得浪漫到无可救药,把我们全都钉在了我父亲早逝的十字架上,但现在她居然跟我说,她是为了孩子,才牺牲了鱼水之欢所需要的隐私?

我母亲鹤立于这栋大楼,不仅是因为纯正的英语和笃定的举止,也因为她是一个拥有幸福婚姻的女人。不,我的表述并不准确。不单单是拥有幸福的婚姻,而是拥有神奇的、决绝的婚姻。

我想,我父母在一起时很幸福,他们的相处方式文雅而深情——但我和我母亲周围充斥着一种婚姻幸福的完美范式,这使得简单的现实变得无足轻重,显然更不是婚姻的全部要义。关键在于,妈妈对自己婚姻生活的尽善尽美无比推崇,同时,旁人的婚姻生活若与她的有任何出入,她都嗤之以鼻。并且,她一心一意、千方百计、数十年如一日地教导我,爱是女人一生中最重要的东西。

爸爸的爱的确有神奇的功效:它纾解了她的空虚和焦虑,同时它也是她空虚与焦虑的成因。每当她发现生活中有不尽如人意的地方,她便会说出无数个这样的句子:"相信我,要不是因为我爱你的父亲。"或是:"相信我,要不是因为爸爸的爱。"她会直白地说,结婚后她是多么不愿意放弃工作(她曾是下东区一家面包店的会计),自己口袋里有钱、不必像孩子一样领零花钱的感觉是多么美好,她现在的生活是多么愚蠢,以及她有多么想回去上班。相信她。要不是因为爸爸的爱。

从厨房里的家务到卧室里的性事,一切都被爸爸的爱改变了。我想,我一早就知道,性必须被改变。她不讨厌性,但她似乎是在勉强忍受。她从没说过,对女人而言肉体的欢愉并不重要或叫人生厌,但她说过:"你父亲是个干柴烈火的男人。你父亲随时都在状态。你父亲一晚上能享用十个女人。"这些话让我觉得:你必须真的、真的爱一个男人,才能脱下衣服,跟他躺在一起——否则一切就会事与愿违。我记得十六岁那年,我的童贞第一次遭到围攻,每天一眨眼,我的脑中与体内就会发起无休止的战争,我无声地恳求母亲:但是妈妈,我怎么知道自己是不是真的、真的爱他呢?我只知道,我在发情,他在怂恿,他在怂恿。在走廊上,在公园的长椅上,每天晚上在厨房里,你在八英尺[1]开外的墙壁后辗转反侧,你安全地躲在战线后方,我却暴露在战壕里……可援兵不会到来。

在我母亲的词典里,爱不是爱,而是爱。这是崇高的情感、心灵的本质、道德的特性。最重要的是,你能明确无误地感觉到,爱到底是存在,还是不存

---

[1] 1英尺为30.48厘米。

在。"女人知道自己爱不爱一个男人,"我母亲会说,"如果不知道,那就是不爱那个男人。"这话仿佛从西奈山[1]传来。人类因爱而生的行为可以是多种多样的——在我们家,不必试图阐释这一点。倘若我母亲发现一个女人对待丈夫或情人的方式跟她自己的有所不同,那么,这就不是爱。而爱,她说,就是一切。女人的一生完全由爱决定。所有不利的证据——这类证据其实为数众多,都会被她轻视或无视,它们不会在她的话语中出现,也为她的思想所拒斥。有一次,她的一位朋友当着我的面(当时我应该是十岁)对她说,她错得离谱,她的爱情观很荒唐,她是自己婚姻观的奴隶。我问母亲她朋友的话是什么意思,她答:"一个不文明的女人。她不懂什么是生活。"

---

[1] 犹太教认为,西奈山是上帝发出启示的主要地点,上帝曾在西奈山向摩西显灵。

每个社区都有一个蠢蛋或白痴，我们社区有三个。分别是：汤姆，六十岁的肉店送货员。他会拎着一袋肉奔跑，然后突然停下来，把肉扔在人行道上，指着它宣布："我不会再带着你了，你这个讨厌的东西！"莉莉，四十岁的先天智障者，她穿着小女孩的衣服四处游荡，油腻的头发上别着粉红色绸缎蝴蝶结，爱闯红灯，周围的汽车只得大声急刹。还有肯纳太太，一个身形娇小、小鸟似的女人，她把头发包在抹布里，东奔西跑，手舞足蹈，举止极其突兀。她会在杂货店、肉店或药店拦下自己根本不认识的人，然后双手虚虚握拳，举到面前，棕色的双眼疯狂地闪烁着光芒，她说："哦，我今天在读一篇美——嗳——丽——噫的俄罗斯小说，中心思想是让最痛苦的灵魂高声反抗斯世的不公！"接着，她就忘了自己为什么站在店里，于是转身飞奔出门。

肯纳太太是玛丽莲·肯纳的母亲。玛丽莲是我最好的朋友。肯纳一家住在我们隔壁的楼下，我母亲认为，他们一家与我们截然不同——我不知道不同在哪里。肯纳一家不过是住在楼下的一户人家罢了，我觉得：嗯，他们在自己家里就是这样生活的。

玛丽莲是家里的独女。肯纳一家住在一间三居室的公寓里。卧室的两张红木单人床，玛丽莲和她母亲各睡一张；她父亲则睡在客厅沙发旁的小床上。肯纳先生跟我父亲一样，也在曼哈顿成衣区工作。他是个英俊而沉默的男人，有一头浓密的灰发和一双冷冷的蓝眼，在我的想象中，他一直是恐惧与焦虑的来源。他的妻子和女儿盼着他离开，且惧怕他归来。他的出现不仅会让肯纳家午后的美好时光戛然而止，还被视作一种威胁。到了四点三十分，肯纳太太变得僵硬而警觉，她竖起食指，说："安静！他来了！"仿佛蓝胡子[1]就要穿门而入。

比起待在其他地方，我还是更喜欢在肯纳家消磨午后时光。在那里，家长似乎不在场。肯纳太太在街上也许能假装大人，但是玛丽莲和我更了解内情。对肯纳太太而言，威严显然是一种后天习得的地位，我开始怀疑，也许不止一位母亲是在假装威严，而不是努力赢得威严。肯纳太太既迷人，又烦人：跟她待在一起，比跟其他普通母亲待在一起有趣，她也更能奇妙地启发人心。我母亲的存在是强势的，肯纳太太的存在却是动人的。她的痛苦是如此坦率，如此真实可感，她让自己面对两个十二岁机灵小鬼的嘲笑与嫌弃

1　出自法国诗人夏尔·佩罗的童话故事《蓝胡子》，他杀害了自己的几任妻子。后人用蓝胡子指代虐待妻子的男人。

时，我感觉有根手指按在我的心上。

她是个拙劣的主妇，却不停忙着家务。她头上总是包着一块破布，手中永远握着羽毛掸子，眼神一直充满迷茫。她在屋子里转悠，漫无目地这儿掸掸，那儿擦擦，或是拖出一个钢铁怪兽似的吸尘器，机器启动时，噪声震耳欲聋，仿佛一架飞机就要在客厅降落。她推着吸尘器在破旧的地毯上吸了几个来回，就没了兴致，她关掉机器，把它留在原地，有时两三天都不会挪动。

她也会烘焙：极难吃的东西，一种介于面包与蛋糕之间的糕点，永远是一坨硬邦邦、半生不熟的面团。她会掰下一块，用夸张的动作把它凑到鼻子下面，深深地吸上一口气，宣布这是珍馐美馔，然后拿给我和玛丽莲品尝。"好吃吧？"她笑容满面地问道，我会点点头，尽量迅速囫囵吞枣（这足足要花三四分钟），我知道，这天接下来的时间里，它会一直梗在我的心口。但我愿意吞下它。我知道，如果我不这么做，肯纳太太会比平时更困惑（她这会儿又做错了什么？）。我想，我与她相处之初，便想保护她。

她从来没能给家里吸完尘，因为她在吸地毯时，吸到一半便会停下，她抬头张望（有时连机器也忘了关），然后冲进卧室或厨房，玛丽莲和我正待在那里，要么看书,要么画画,她两眼放光,捂着脸喊道:"哦,姑娘们!我下午在报纸上读到一则故事。一个女人——她贫穷、善良、美丽——冲到街上,手里攥着仅有的一便士,她把生病的孩子留在楼上,自己去给孩子买牛奶。她就离开了一会儿,就是去买个牛奶的工夫,一辆车冲出街角,撞上了她,将她撞翻、碾碎并轧死了。天哪!大家都跑了过来。血流得到处都是!整个世界都浸在她的鲜血里。他们把她带走了。猜猜发生了什么?你们绝对不会相信!人类的脑袋根本想不出当时发生的事。你们准备好了吗?一个小时后,他们在排水沟里找到了她的手。还攥着那一便士呢!"

此时,玛丽莲如果正在画画,就会忘记放下手中的炭条,我如果正在看书,也会一动不动地坐在那里,捻着书页忘了翻面。起初,她的突然出现会让我们心烦,但后来,我们总会被她急切而顿挫的声音吸引。随着她的讲述,我的心跳也越来越快,全副注意力都集中在她描述的那些出人意表的细节上。肯纳太太是个引人入胜的说书人。她天生就是个讲故事的人——也就是说,对她来说,每一段经历,都亟待通过叙述的魔力慢慢成形、拥有意义。

肯纳太太讲故事的动力,并不是为了理解这一切,而是因为她珍惜情感,对她来说,艺术——音乐、绘画、文学——是纯粹情感的媒介。她之所以讲故事,是因为渴望生活在一个美的世界,在这个世界里,人们都文明而善感。"而情感,姑娘们,那就是一切。一个人的生命是丰饶还是贫瘠,是有价值,还是该弃如敝屣,正是取决于情感的多寡。"

肯纳太太给我们讲完一个故事,通常会如是发表一通关于艺术、生命和情感的激昂论述。有时她会挽起袖子,冲向钢琴,那架钢琴是她不顾肯纳先生的反对,花四十美元买回来的,买了它,玛丽莲就能把肖邦、拉赫玛尼诺夫、莫扎特请进这个屋子,只是,玛丽莲讨厌这架钢琴,从不碰它。钢琴立在门厅里,无人问津,除了每个礼拜有那么两三次,肯纳太太会冲到它面前,用裙子擦拭琴凳,然后在钢琴前面坐下来,动作夸张得像艺术家似的。她让手臂在空中高高举起,手指重重落下,弹出了《伏尔加船夫曲》[1]的开头。仅此而已。这就是她唯一会弹的旋律。《伏尔加船夫曲》的开头。她反复弹奏了一二十遍,无论是她,还是我们,兴致都没有消减。

那些午后,我们一起沉浸在讲故事的快乐里,她

---

[1] 俄罗斯民歌。

因此兴奋不已,常在下午快结束时燃起弹琴的冲动,并且忘了时间。她用力敲着琴键,这时门突然开了,我们都僵住了。肯纳先生静静地看着我们,然后他从我们身边经过,径直走进屋子,在客厅里转了一圈,又回到门厅,仔细地将外套挂进走廊的壁橱(他是我见过的最考究的男人),说道:"这屋子跟个猪圈似的。你一天到晚都在干什么?"接着,他回到客厅,在一张带软垫的椅子上坐下,开始看报纸。我们立刻解散:肯纳太太进厨房,玛丽莲去卧室,我则溜出大门。

一个礼拜六的早晨,我和玛丽莲准备去我们社区最大的商业街——特雷蒙大道。刚出大门,玛丽莲就发现自己忘了拿钱包。我们跑回楼上,冲进她家,推开卧室门,玛丽莲走在前面,我紧跟其后。到了门口,她突然停下脚步,我撞到了她的身上。我把手放在她的背上,视线越过她的肩膀,看向房内。肯纳先生和肯纳太太躺在其中一张红木床上。他压在她的身上,两人同盖一张毯子,只露出赤裸的上身。他面孔朝下,她向后仰头,闭着眼睛,歪着嘴,发出无声的呻吟。她双手紧紧地按在他的背上,他在吮吸她的脖子。动静猛烈,而且,我立刻明白,那种动静是他们一起发出的。燥热与恐惧一齐流经我的身体,从嗓子眼到腹股沟。是因为那种亲密。

所以，世上有肯纳夫妇这样的夫妻，互相厌憎，却在性的抽搐中秘密结合；也有我父母这样的夫妻，彼此相爱，但两人的床贞洁地栖息在公共区域。楼下的公寓一片狼藉，丈夫流放客厅，妻子几近疯癫，是个痴人；楼上的屋子一尘不染，丈夫稳居中心，妻子满怀激情，刚愎自用。这些差别没有给我留下什么印象。它们既不显眼，也不重要。真正叫我印象深刻的是，肯纳太太和我母亲都崇尚浪漫的情感，而且她们都是已婚女性。

我们走在第五大道上,那天我过得很不好。我感到自己臃肿而孤独,被困在糟糕的生活里。我知道自己应该在家工作,也知道我在这里扮演孝顺的女儿,只不过是为了逃避那张书桌。我实在是太焦虑了,以至于散步时胃一直隐隐作痛。我母亲和往常一样,知道自己帮不上我的忙,但我的不快令她紧张。她说个不停,冗长而琐碎地谈起我一个打算离婚的表亲。

快到图书馆时,一位东方教徒(他头发剃得精光,皮肤晶莹剔透,一身嶙峋瘦骨裹在褪色的粉色薄纱里)奔向我们,手里拿着一本他领袖的著作。那个穿薄纱的家伙在我们周围扑腾时,我母亲依旧在跟我聊天,他的游说在空气中一直嗡嗡作响,分散着我的注意力。最终,母亲感觉自己受到了干扰。她转向他。"什么事?"她问,"你想让我干吗? 说吧。"他便说了。待他说完,她挺直肩膀,将五英尺二英寸[1]的身体站得笔挺,郑重地说道:"年轻人,我是个犹太人,还是个社会主义者。我觉得,这辈子有这两重身份就够了,你说呢?"那个穿粉色袍子的大男孩听得入了迷,一时间有点困惑。"我父母是犹太人,"他坦言,"但他们绝对不是社会主义者。"我母亲盯着

---

[1] 1英寸为2.54厘米。

他,摇了摇头,拿手指紧紧箍住我的胳膊,带我快步离开,朝大街走去。

"你能相信吗?"她说,"好好的一个犹太男孩,剃个光头,在大街上喋喋不休。遍地疯子的世界啊。到处都是离婚。不是离婚,就是这事儿。你们是怎样的一代人啊!"

"别说了,妈,"我说,"我不想再听这种废话了。"

"这也废话,那也废话,"她说,"可事实的确如此。我们这代人不管做了些什么,都不像你们现在这样当街崩溃。我们井然有序,内心平静,还有尊严。一家人待在一起,大家都过着体面的生活。"

"胡说。他们不是过着体面的生活,而是过着隐秘的生活。你不会是想告诉我'那时大家更幸福',不会吧?"

"不,"她立刻投降,"我不是这个意思。"

"好吧,那你是什么意思?"

她皱起眉头,不再说话。她搜肠刮肚,想弄清楚自己到底想表达什么。啊,她想到了。她得意而责备地说道:"现如今,不快是如此地明显。"

她的话让我又惊又喜,每当她说出一个事实,或是一句妙语,我都会感到开心。我几乎爱上了她。

"这是第一步,妈,"我温柔地说,"不快必须明显,接着转变才会发生。"

她在图书馆前面停了下来。她不愿听到我的这番话,但交谈令她兴奋。当她的思绪沉浸在彼此话语的含义中时,那双暗淡的棕色眼睛亮了起来,在我小时候,这双眼睛曾深邃而明亮。她双颊泛红,布丁般柔软的面孔变得紧实,轮廓也重新变得分明。我觉得,她看上去很美。据以往的经验,我知道她会觉得这是个非常愉快的下午。我还知道,她没法向任何人解释,这个下午为什么令人愉快。她喜欢思考,只是不自知。她从未察觉这一点。

自我母亲称德鲁克太太娼妇的那天起,过了一年,德鲁克一家搬离了这栋大楼,内蒂·莱文住进了他们空出来的公寓。德鲁克一家的离去与内蒂的入住,我都没有印象,并没有卡车或货车前来搬走或放置某一户的家具、碗碟、衣衫。一些人连同自己所有的物品,似乎直接从公寓里蒸发了,另一些人和物品取代了他们的位置。大多数情感联结的本质是偶然的，我早早领会了这个道理。说到底，我们称呼隔壁邻居为罗斯曼、德鲁克，还是齐默尔曼，有什么区别呢？重点只在于，隔壁有个邻居。然而，内蒂是不一样的。

我们在阴暗的走道里相撞的那天，我刚放学回家，正奔下楼梯，想冲到街上。她怀里的几个牛皮纸袋被撞得七零八落。我们都"哦！"了一声，然后各自往后退了一步，我倚着楼梯扶手，她背靠掉漆的墙壁。我红着脸弯下腰，想帮她捡起散落在楼梯口的袋子，我看到她有一头鲜艳的红发，头顶梳成一个高高的大卷，其余的垂在背后和肩上。她的五官集中而鲜明（眼睛是杏仁形的，嘴巴和鼻子又薄又尖），肩膀很宽，身材却苗条。她让我想起葛丽泰·嘉宝[1]的照片。我的心怦怦直跳。此前我从没见过漂亮女人。

"别管这些袋子了，"她对我说，"出去玩吧。外面阳光灿烂，别在阴暗处耽搁时间了。去吧，快去。"她的英语有口音，跟楼里的其他女人一样，但是她的声音很轻柔，几乎像音乐。她的话也让我大吃一惊。我母亲从未催我及时行乐，即便只是享受在街头晒太

---

[1] 葛丽泰·嘉宝（1905—1990），瑞典裔好莱坞演员，代表作有《安娜·克里斯蒂》《茶花女》《安娜·卡列尼娜》等。

阳的快乐。我跑下楼梯,满心兴奋。我知道她就是那个新邻居。("一个嫁给犹太人的乌克兰红发女人。"我母亲两三天前淡淡地提起过。)

两天后的晚上,我们快吃完晚餐时,门铃响了,我应的门。她站在门口。"我……我……"她笑了起来,一种不连贯的尴尬笑声。"你母亲邀请我来的。"她站在门口时,模样与之前不同了,此刻的她粗俗笨拙,是个长着漂亮脸蛋的农民,全然不是楼道里的那个尤物。我立刻变得泰然而好客。"进来吧。"我礼貌地站到狭小门厅的一侧,把她让进厨房。

"坐,坐,"我母亲说道,声音粗暴而友好,有别于平时表示"我是认真的"时那种粗暴的声音,"喝杯咖啡,吃块馅饼吧。"她推了推我哥哥:"挪一挪。给莱文太太在长椅上让个位置。"那是一张跟餐桌侧边等宽的高背长椅;我和哥哥立刻行动,分别在长椅上占了个勉强能伸展四肢的位置。

"也许,你愿意来杯杜松子酒?"我英俊而温和的父亲微笑着问道,他为妻子能如此礼貌地对待一个异教徒而自豪。

"哦,不,"内蒂拒绝道,"我喝酒会头晕。请"——她热情地转向我母亲——"叫我内蒂,别叫莱文太太啦。"

我母亲红了脸,既高兴又困惑。跟往常一样,她一旦感到不确定,就会立刻迂回暗示。"我还没见过莱文先生,对吧?"她说。在她自己听来,这是一个不带感情色彩的问题。可到了别人耳中,这简直是一个近乎指责的直白陈述。

"是的,你还没见过,"内蒂笑着说,"他不在这里。这会儿他在太平洋上的什么地方呢。"

"哎呀,他在部队啊。"我母亲说道,她脸上的红晕开始消退。那时正值战争时期,我哥哥十六岁,我父亲快五十岁了。我母亲被留在了和平之中,她极度负疚。

"不,"内蒂说,她看上去也有点困惑,"他在商船上。"我觉得她不大清楚其中的区别。我母亲当然也不清楚。她一脸疑惑地转头看我父亲。他耸耸肩,表情茫然。

"他是个海员,妈妈,"我哥哥马上说,"他是个水手,但不在海军。他在私人企业的船只上工作。"

"但我以为莱文先生是犹太人。"我母亲天真地反驳道。

我哥哥的脸涨得发紫,但内蒂只是自豪地笑了笑。"他是啊。"她说。

我母亲不敢说出自己的心里话:"不可能!哪个

犹太人会自愿在船上工作啊?"

事实证明,关于内蒂的一切都不可思议。她是一个嫁给了犹太人的异教徒,而那个犹太人,跟我们认识的其他犹太人都不一样。大多数时候她孤身一人,显然可以随心所欲地拣选居住地,结果她决定住到犹太工人阶级中间,这些人既不会给她好处,也不会报以同情。内蒂身为一个因性感美貌招致了许多嫉妒或好奇目光的女人,似乎过于珍视每一位体面女人的生活。她对我母亲的当家技能赞不绝口——她能把微薄收入的作用发挥得淋漓尽致,能让屋子一直散发香气,也能让孩子们愿意待在家里;仿佛这些技能是一件珍宝,也是某种她被剥夺了的宝贵天资,象征着一种她永远被拒之门外的生活。我母亲私下里像其他人一样,叹服于内蒂的魅力,当她尝试道出(通常是含糊不清、语无伦次地)她俩的区别时,就会若有所思地看着内蒂,然后对她说:"但你现在嫁人了。这些技能你会掌握的。这没什么了不起的,没必要专门去学。"这时内蒂就会痛苦地红着脸,摇摇头。我母亲并不理解,内蒂也没法解释。

内蒂搬进这栋大楼两个月后,里克·莱文回到了纽约。这个高挑、黝黑、蓄着胡须的海员丈夫让内蒂无比骄傲,她带他上街,向自己结交的青少年朋友炫耀，拉着他来见我们，还让他跟她一起去杂货店——她明显变了。她的肌肤上泛起了光泽，绿色的杏眼闪着光，一举一动也拥有了崭新的优雅：她的步态，手的动作，还有向后撩头发的姿势。她身上突然有了贵族气质。她愈加美貌，并且变得遥不可及。

我看着她的变化，深深地被她吸引。每天早上，我一醒来，就开始想着今天会不会在走廊上遇到她。如果没能遇上，我就会找个借口，按响她家的门铃。我倒不是想看她跟里克在一起：他是个阴郁的男子，忧郁而沉闷，他们之间的任何事我都不感兴趣。我想见的是她，只是她。我想触摸她。我的手老想脱离我的身体，伸向她的脸、她的手臂、她的腰。我渴望着她。她散发着一种我无法远离的期许，我想要……我想要……我不知道自己想要的是什么。

不过，这种喜悦没能维持多久：她的喜悦和我的喜悦都是。里克回来一周后的一天早上，我母亲遇到了内蒂，当时她俩正好都要出门。内蒂转身躲开她。

"出了什么事？"我母亲命令道，"转过来，让我看看你的脸。"内蒂缓缓地转向我母亲。她眯着的右眼周围有一块巨大的乌青。

"哦我的上帝啊。"我母亲近乎虔诚地吸了一口气。

"他不是故意的,"内蒂辩解道,"这是个误会。他想去酒吧见朋友。我不让他去。纠缠了好一会儿,他才动手打了我。"

之后,她又回到了他回家之前的样子。过了两个礼拜,里克·莱文再次离开,这次他要出海四个月。他向自己痴缠的妻子发誓,这将是他最后一次远航。他说,等四月份回来,他会在城里找份好工作,到时他们就可以长久地安定下来。她觉得这次他是认真的,于是任由他将自己环绕在他脖子上的双臂拉开。他出海六个礼拜后,她发现自己怀孕了。他离开后的第三个月月底,她收到一封电报,电报是来通知她,里克死了,他与人争执时被枪打死了,就在波罗的海某个港口的酒吧里。他的遗体已在运返纽约的途中,保险有点问题。

内蒂很快就与我们的日常生活有了千丝万缕的联系,以至于后来我几乎记不起在她住到隔壁之前,我们的日子是怎么过的。她会在快到中午的时候,溜进我家喝杯咖啡,接着下午也会过来,一周似乎跟我们一起用三次晚餐。不久之后,我便可以随心所欲地在任何时候走进她的家门,而我哥哥每天都会被问起有关里克保险金的棘手问题。

"真是个可怜人哪,"我母亲总是说,"一个寡妇。怀了孕,没钱,被遗弃了。"

事实上,意外丧偶这件事让内蒂稳稳地变成了一个可怜而异样的人。仿佛内蒂早在丈夫死之前,就已在试图让我母亲明白,她被剥夺了一些我母亲永远不会被剥夺的权利,她只是暂时栖息在妈妈盘踞的地方,当里克顺理成章地被杀死后,这个深层的事实就变得显而易见了。如今我母亲可以认可内蒂的美貌,但不至心理失衡,而内蒂也可以让自己得到妈妈的尊重,却不用卑躬屈膝。她们之间达成了无声的约定。我们的厨房拥有了一位每天出现的漂亮内蒂,而内蒂在这栋楼里得到了母亲的庇护。当齐默尔曼太太按响我们的门铃,冷嘲热讽地打听起这位异教徒姑娘[1]的情况时,我母亲厉声打断了她的话,并告诉齐默尔曼太太,她很忙,没空聊这些废话。自此之后,再也没人会当着我们一家的面说内蒂的闲话。

我母亲的忠诚一旦缔结便矢志不渝。不过,忠诚并不妨碍她对内蒂评头论足:忠诚只不过让她在表达自己的保留意见时比平时稍稍委婉了一些。她会跟她

1　Shiksa,贬义,指非犹太姑娘或不遵守教义的犹太姑娘。

的姐姐——我住在四个街区开外的姨妈萨拉——一起坐在厨房，讨论里克死后的几个礼拜里开始一个接一个地出现在内蒂家门口的男人。这些男人是里克在船上的同事，大多是他最后一次出海时的同事，他们来，是为了慰问一个自己人的遗孀，顺便跟她讨论人寿保险的事情，显然，因为里克的死亡方式，内蒂是拿不到这笔保险金了。我母亲狡黠地说，这些男人造访的方式有点儿奇怪。哦？我的姨妈饶有兴趣地挑了挑眉。奇怪在哪里？唔，我母亲陈述道，他们当中有些人只来了一次，这是正常的，但有些人连续两三天，天天登门。她说自己一定是看错了，但那些连续来了两三天的人脸上都带有同一种神气，仿佛自己侥幸得手了似的。在这些人面前，内蒂也表现得很古怪。也许这就是最令人不安的地方：内蒂在这些男人面前的反常举止。我母亲和姨妈交换了几个"眼神"。

"你这话是什么意思？"我大声问道，"她的举止有什么问题？她的举止根本就没什么不正常的。你为什么要这么说？"她们会安静下来，两个人一起，既不会回应我，也不会在这天接下来的时间里谈论内蒂，至少我在场时不会。

一个礼拜六的早上，我没敲门就走进了内蒂的公寓（她家的门一直关着，但从不上锁）。她小小的餐桌靠在大门旁的墙上——她家的门厅比我家的小，你一进门就站在了厨房里。只要有人不打招呼便推门入室，坐在餐桌边的人就会被一眼瞧见。那天早上，我看见有个男人坐在厨房的餐桌旁，他又高又瘦，头发是淡黄色的。内蒂坐在他对面，垂头看着我钟爱的印花棉桌布（我家的餐桌上铺着单调的反光油布）。她伸出了手臂，手掌安静地搁在桌子上，上面盖着那男人骨节突出的大手。他凝视着她低垂的头。我飞也似的窜进大门，那是九岁孩童特有的横冲直撞。她从座位上跳了起来，立刻抬起了头。她当时的眼神我会在之后的岁月里常常看到，但那天我是第一次见，虽然我不知道该怎样描述它，但那种眼神令我十分不快。她在盘算这一幕给我留下了怎样的印象。

这是四月一个多云的下午，天气温暖而晦暗，空气中弥漫着初春的芬芳。这样的天气让我心中泛起了莫名的涟漪。今天恰巧是华沙犹太人起义[1]纪念日。我母亲想参加在亨特学院举行的年度纪念会。她让我跟她一起出席。我拒绝了，不过我答应陪她一起沿莱辛顿大道走到学院。我们走在路上，她提起了昨天在街头的一桩奇遇。

"我当时站在大街上，"她告诉我，"在等红灯，一个小女孩，大概七岁吧，站在我旁边。红灯还没变成绿灯，她就忽然走到了街上。我把她拉回人行道，对她说：'亲爱的，永远不要闯红灯，只能在绿灯亮时过马路。'那个孩子一脸可惜地看着我，说：'女士，你完全弄反了。'"

"这孩子活不到八岁了。"我说。

"我当时也是这么想的。"母亲哈哈大笑。

我们走在下四十街的莱辛顿大道上。今天是礼拜天。街道冷清，商店和餐馆都打烊了，没多少人在外面走动。

"我必须喝杯咖啡。"我母亲宣布。

---

[1] 1943 年 4 月 19 日，波兰华沙的犹太人发动了一场反抗德国法西斯的起义。起义持续了数星期，直至被德军残酷镇压。

我母亲的愿望很朴素,但没有商榷的余地。她会把这些愿望当作必须实现的事。现在她必须喝上一杯咖啡。除了这个被她称之为需要的欲望,她什么都不会理会,直到热腾腾的液体端在了她的手里,就要送到唇边。

"我们去第三大道吧,"我说,"那里应该有还在营业的咖啡馆。"我们穿过马路向东走。

"早上我跟贝拉聊了聊,"我母亲摇着头,在马路的另一侧说道,"人们太残忍了!我不理解。她有个儿子,是个医生,抱歉我不得不说,他对她太不好了。我就是不明白。礼拜天邀请母亲去乡下,这能妨碍他什么呢?"

"乡下?我以为贝拉的儿子在曼哈顿上班。"

"他住在长岛。"

"那是乡下?"

"反正不是西区大街!"

"好吧,好吧,他这回做了什么?"

"重点不是他这回做了什么,而是他一直以来的做法。她今天早上跟孙子通话,那孩子告诉她,昨天下午他们请了很多人过去做客,一起在走廊上吃饭有多么愉快。贝拉的心情可想而知。她已经连续几个月没有收到去那里做客的邀请了。儿子和儿媳都对她没感情。"

"妈,有贝拉这样的母亲,那个儿子还能活下来,更别说还读完了医学院,这就是里普利奇闻[1],你知道的。"

"可她是他的母亲。"

"哦,天哪!"

"别冲我说'哦,天哪'。就是这样的,她是他的母亲。事情很简单。是她的牺牲成就了他的拥有。"

"拥有什么?她的疯狂?她的焦虑?"

"拥有生命。事情很简单。她给了他生命。"

"那是很久之前的事情了,妈。他没法记住那么久远的事情。"

"他记不住,那就是不文明。"

"就算是这样,也不足以让他愿意在早春怡人的礼拜六下午邀请她到家里跟他的朋友一起坐坐。"

"不管他愿不愿意,他都应该这么做。别这样看我。我知道自己在说什么。"

我们在第三大道找到了一家咖啡馆,那是一间带楼梯的油腻小馆,到处都是塑料仿木和人造皮革,镀

---

[1] 美国漫画家、企业家罗伯特·里普利开设了名为"信不信由你"的报刊专栏,专门报道一些难以置信的奇闻,后来被改编为广播、电视等各种形式,并在纽约设有同名博物馆。

锡吊灯的灯泡是蜡烛形的,它在煞有介事的幽暗午后发着光。

"这家行吗?"我母亲愉快地对我说。

我要是答:"妈,这个地方太糟糕了。"她会说:"我的好女儿。我是在一间只供应冷水、厕所在大厅的公寓里长大的。现在这个地方反倒配不上你了。好吧,你自己选个地方吧。"我们就只能接着在第三大道艰难跋涉。我点头认可,跟她一起坐在了一个靠窗的卡座里,准备喝上一杯难喝的咖啡,同时继续刚才关于亲子关系的沉重对话。

"热咖啡,"我母亲对那个缓缓走向我们的眼皮耷拉、头发乌黑的服务员说道,"我要热的。"

他面无表情地盯着她,我们不知道他究竟有没有听懂。接着他转向我,只用眉毛向我发问。我母亲把一只手搭在他的胳膊上,侧过头,冲他露出夸张的微笑。"你是哪里人?"她问。

"妈。"我说。

她用手指紧紧抓住服务员,重复道:"哪里?"

服务员微笑起来。"希腊人,"他对她说,"我是希腊人。"

"希腊人,"她说,仿佛评估他向她道出的国籍价值几何,"很好。我喜欢希腊人。记住了。热咖啡,我要热的。"他忽然笑出了声。她说得对。她知道自己在说什么。在这个世界上，困惑的是我，不是她。

事情告一段落，她又开始同我争论："没用的，不管你怎么说，反正现在的孩子不像我们年轻时那样爱父母了。"

"妈，你真是这么想的吗？"

"我当然是这么想的。我母亲是在我姐姐怀里去世的，所有的子女都围在她的身边。而我会怎样死去，你能告诉我吗？也许我死了一个礼拜都没人发现。日子一天天过去。我收不到你的消息。你哥哥我一年也就见三回。邻居？谁？谁会过来看看我？曼哈顿不是布朗克斯，你知道的。"

"没错。这就是问题所在。曼哈顿不是布朗克斯。你母亲在女儿的怀里去世，并不是因为你姐姐对你母亲的爱比我对你的更深。你姐姐讨厌你母亲，这一点你自己也清楚。她在场，只是因为这是她的义务，因为她结婚后一直住得离你母亲很近。这跟爱没有任何关系。这不是一种更好的生活，而是一种移民的生活，一种工人阶级的生活，一种属于十九世纪的生活。"

"你爱怎么说就怎么说吧，"她生气地答道，"这是一种更有人情味的生活方式。"

我们静了下来。服务员端来了咖啡。还没来得及等他转过身,她就把杯子拿到了手里。她呷了一口,轻蔑地看着他走远的背影。"你以为这是热咖啡?"她说,"这可不热。"

"喊他回来。"

她摆摆手,推开眼前的空气。"算了。我就这么喝吧,魔鬼不会把我带走的。"显然这番交谈令她沮丧。

"唔,我只能说,要不是因为他是她的儿子,贝拉一眼都不愿意瞧他了。"

"他俩彼此彼此,不是吗?要不是因为她是他的母亲,他肯定也一眼都不愿意瞧她了,是不是?"

母亲隔着桌子凝视着我:"所以你想表达什么,我聪明的女儿?"

"我是说,如今,爱是需要自己去争取的。即便是母子之间的爱。"

她张大了嘴巴,眼中满是怜悯。我刚说的这番话太过愚蠢,她也许没法再开口说话了。接着,她一边摇头,一边说:"我会告诉你那个孩子对我说的话,'女士,你完全弄反了。'"

就在这时,那个服务员端着一壶热气腾腾的咖啡经过我们身边。我母亲猛地伸出手去,差点把他绊倒。"那是热咖啡吗?"她毅然说道,"这杯不热。"他耸耸肩,停住脚步,把手里的咖啡倒进了她的杯子。她贪婪地喝着咖啡,勉强点点头。"这才是热咖啡。"终于满意了。

"我们走吧,"她站了起来,说,"不早了。"

我们原路返回,继续沿莱辛顿大道往前走。空气比之前更加芬芳,也更温暖与充盈,在它明亮的灰色边缘有一丝下雨的征兆。舒服!我心中无来由地涌起一阵期待,只是,跟往常一样,这没能持续太久。它不是清晰地径直升起,而是蜿蜒地转向内部,很快扼杀了自己;我熟悉这个过程,并为此沮丧。我瞥了一眼母亲。这一定是我的想象,可在我眼中,她的脸上似乎同样出现了疯狂的情感跌宕。她脸颊发红,但眼神惊愕,嘴角下垂。我想知道,她在我身上看出了什么。那天的气氛起了危险的变化。

我们走在五十街。大街上排列着巨大的平板玻璃橱窗,它们颜色斑斓,图案各异。令人欣慰的是,今天是礼拜天,商店都关门了,不需要做任何决定。我们——我跟我母亲——都喜爱服饰,也都喜欢穿戴漂亮,但我俩都无法忍受购物。我们总是来来回回地穿几件衣服,这些衣服还是在离家最近的服装店匆匆选购的。此刻我们站在商店橱窗前,不情愿地发现,许多女性穿着考究，这时我们就会意识到彼此共同的缺陷，我们成了通常的样子：两个有着相似局限的女人，她们紧密联结，只因一辈子都生活在对方的轨迹上。这种时候，我们是母女这个事实，会显得有些异样。我知道，正是因为是母女，我们才如此相像，然而，"亲子"这个词似乎并不足以解释这件事的本质。情况恰恰相反，一想到家庭，一想到我们是家人，一想到家庭生活，就叫人困惑：在她身上，以及在我身上，都存在一种不确定性。我们是如此习惯于将彼此视作两个女人，我们运气不好，能力欠佳（她丧偶，我离异），永远没法让自己拥有家庭生活。然而，当我们站在商店橱窗前，"家庭生活"在她心中成了一种未经证实的幻想，在我心里也是。橱窗里的衣服让我觉得，我和她一辈子都被这两个问题困扰着：我们是谁？该怎样找到自我？

我突然感到痛苦。剧烈的痛苦。一种挫败感席卷了我的身体。我感到孤独，没有方向，也没有重心，我每天的蝇营狗苟都变得微渺而迷茫。我哑口无言。不仅仅是沉默，而是说不出话来。我母亲看穿了我的崩溃。她什么也没说。我们继续往前走，谁也没有出声。

我们到了六十九街，转过街角，朝亨特礼堂的入口走去。门开着。里面坐着两三百名犹太人,他们在聆听关于自己难以言说的那段历史的纪念词。这些纪念词是让大家团结在一起的黏合剂。它在提醒,也在劝说。它抚平伤痛,也创造联结。它让大家了解自己。演讲一直在持续。我和我母亲站在人行道上,我们孤独地站在一起,对抗着飘向我们的文化创造之音。"我们是被诅咒的民族,"演讲者郑重地说,"每隔一阵子就会被摧毁,我们挣扎着爬起来,然后重生。这就是我们的宿命。"

这些话在我母亲身上所起的作用堪比肾上腺素。她双颊发红,眼睛因泪水而愈显明亮,下巴的轮廓变得清晰,皮肤也在肌肉上绷紧。"进去吧,"她对我柔声地说道,想帮我一个忙,"来吧。你会好受些的。"

我摇头拒绝。"犹太人的身份帮不了我。"我告诉她。

她紧紧地挽着我的手臂。对我的话,她既没有肯定,也没有否决。她只是直视我的面孔。"记住,"她说,"你是我的女儿。坚强。你必须坚强。"

"哦,妈!"我喊道,我恐惧、贪婪、热爱自由的生命涌上心头,从我柔软的脸上溢出,而这张脸,是她给我的。

八月的一个酷暑天,内蒂把孩子生了下来,分娩的过程持续了整整五十个小时,她险些被撕成两半。那是一个十二磅[1]重的男孩。她给他起名为理查德。我和母亲自从帮忙把他从医院带回家,就开始跟内蒂一起养育他,有时甚至是代替内蒂养育他。我们满足他各式各样的需求,有时还会挽救他的生命。他是个体弱多病的婴孩,哮喘性咽炎反复发作,只有吸入蒸汽才能有所缓解。每到这个时候,我母亲或我哥哥就会带着气喘吁吁的里奇[2],坐在简易雾化器(一顶用毛巾搭成的帐篷,里面放一锅沸水)底下。在这种时刻陪伴里奇的从来不是内蒂,她在这类危机面前总是束手无策。孩子一喘,她就在地板上走来走去,用力撕扯自己的头发。

内蒂没有做母亲的天分,这一点很快就暴露了。很多女人都没有这种天分。她们只是在模仿记忆中的姿势和举止,它们属于那个自己曾被教导应该成为的女人,并且期待最好的结果。但内蒂接受的教导只是吸引男人,而不是做家庭主妇,因此她总是茫然失措。捣碎食物、用滚水烫尿布、在厨房的水池里给孩

---

[1] 1磅约为0.45千克。
[2] 为"理查德"的昵称。

子洗澡，这些技艺她都没法掌握。她手指笨拙，动作滞缓，头脑没法学会最基础的安排部署。厨房里堆着用过的臭尿布，孩子又湿又脏，水池里垒着没洗的锅，锅上还粘着一层煳掉的牛奶。内蒂自己也永远一副瞠目结舌的样子。她总是光着腿，蓬着头发，眉头紧锁，食指按在嘴唇上，一边在厨房中央团团转，一边试图回忆自己把必需品或别的东西错放在了什么地方。现在让我想想，我把宝宝放哪儿了？

里奇在一片无声的混乱中存活了下来。我记得他躺在内蒂的右臂弯，尿布上粘满了粪便，脸上还粘着前两顿饭的残渣，小小的手指紧紧攥住一缕红发，而她在无声的惊慌里不停转圈。因为她没发出声音，所以他过了一会儿才害怕起来。他脸上困惑的好奇慢慢演变成恐慌。

内蒂的沉默。这是她与楼里其他女人的另一个不同之处。对其他人而言，面对困惑或需求的第一反应是爆发出高分贝的话语。内蒂不是这样。她的无能本可以让她赢得其他女人的友谊，为她融入她们的生活创造一个自然的开场——"哦，教教我，告诉我，你是怎么做到的啊，谢谢，齐默尔曼、罗斯曼、夏皮罗、伯杰太太，你真聪明，我太无知了。真高兴啊，学会了你教我的本领。"——但她做不到，她甚至不知道该从哪里入手。她觉得自己在其他女人面前被一览无余，她保持沉默，不吐露心声，向所有人隐瞒自己的需求，所有人——除了我母亲。

里奇刚出生的那年，我母亲就是内蒂的救命稻草。她为内蒂做的事其实也没那么多，虽然这些小小的帮助（多带一点面包牛奶回家，帮忙照看里奇一小时，间或给他洗个澡或喂点吃的）加起来，一定能让内蒂轻松不少。最重要的是，妈妈能在那里承受内蒂的焦虑。每隔一阵子，妈妈就会走进内蒂的厨房，两三个小时的全力劳作让这个空间变得井然有序、一尘不染。接着，她会转向内蒂，仿佛在说："现在一切就绪，开始你的新生活吧。"内蒂会冲她微笑，拥抱她，亲吻她。不出三天，这个地方就变得跟之前如出一辙。内蒂接受我母亲的付出时，并不像一个年轻女人——一边观摩年长女人的做法一边学习自己劳作，而是像个孩子——被有点爱管闲事的姐姐暂时救了一命。事实上，内蒂和里奇躲在一起，仿佛他俩都是孤儿：她唱歌给他听，依偎在他身边，一连好几天跟他一起躲在双人床的铺盖下面，那张双人床占据了那个本该是客厅的房间里的大部分空间。

整栋大楼，就数内蒂的公寓最小、最暗，家具也最少。厨房是唯一怡人的空间，它跟我家的厨房一样，能看到外面的小巷，也能照到早晨的阳光。越过厨房，是两个面积不等的房间，它们的窗户面向一堵砖墙。原本应该一间当客厅，另一间当卧室，可内蒂不知道该怎样布置出一个客厅。大房间里有一张双人床、一个抽屉柜、一些架子，还有一张摇摇晃晃的茶几。另一个房间成了杂物间，里面有个巨大的衣柜，它将她最无可救药的混乱藏在了视线之外。

然而，这个公寓于我，正如内蒂于我，满载着憧憬与魅力。我当时不知道"美"这个词，不懂得说我们的公寓欠缺美感；我只知道，一些小小的视觉享受改变了内蒂的小公寓，让我在踏进她的家门时，变得愉快而期待。母亲的身份让她感到错乱，也打乱了她古怪而可爱的家居布置习惯，她陷入了混乱，但是仍然：床上铺着一条佩斯利纹样的乌克兰薄羊毛毯，摇摇晃晃的茶几上摆着一只银烛台，墙上挂着圣像，厨房的纸板桥牌桌盖着鲜亮的几何图案印花布，窗台上有一棵大天竺葵，一直被她修剪得很漂亮，黑色的土壤是潮湿的，叶子是深深的绿色。在最黑暗的日子里，这株植物的鲜艳色彩叫人振奋：红色、黑色、绿色。重要的不是物品本身——我们家的客厅里也有一个很美的黄铜茶壶，可直到二十五岁我才注意到它。重要的是内蒂摆放、布置这些物品的方式，她拥有凭空创造优雅与美的天赋。当然，还有蕾丝，到处都是内蒂的蕾丝。

内蒂是一个天才蕾丝女工。事实上，她遇见里克·莱文之前，一直在蕾丝厂上班。她会做裙子、外套和床品，但她从没接过这种大活儿。她只做桌巾、枕套、椅罩、一些能装点这个小公寓的小东西。她坐下来织蕾丝时，心里并没有具体的想法或固定的样式，她会直接开工。傍晚或夜里，每当里奇终于昏睡过去（从来没人哄他入睡，他只是突然陷入睡眠），她就会坐到餐桌旁的椅子上，在手腕和食指上绕上一段光滑如丝的棉线，拿起精钢钩针，开始编织。她工作，是为了安慰自己，为了取悦和抚慰自己不安的心灵（内蒂每时每刻都在试图从成为母亲的痛苦中复原）。她不把自己的天赋当回事。你要是旁观她工作时的样子，就会发现她织得津津有味——花样似乎是从她的钩针里冒出来的，它们叫她吃惊，她想知道一个作品会变成什么样。但这种兴趣并不持久：前一秒还专心致志，下一秒就不屑一顾，它被抛诸脑后、轻易忘却。织蕾丝只是一个不大被珍视的伙伴，它随着钩针的上下移动，在她焦虑、轻松、满心希望或精神紧张的时候陪在她的左右。

如果把我坐在餐桌旁看内蒂织蕾丝的时间加起来

算一算,大概足足有两三年之久。傍晚时分我通常待在那里,夜里吃过晚饭,我也常常在那里。她织蕾丝,我观察钩针的移动,我们就陷入了这样的相处模式。她干活时会大声讲述自己的幻想,我也会聚精会神地聆听她的幻想。

"要是这样该多好啊……"是她一贯的开场白。她能轻轻松松地把这句话敷衍成一段涉及爱情或金钱的打救故事,就跟把丝线从手指上解下来一样容易。她的幻想跟她爱读的平装爱情故事一样(她嘴唇翕动,正如目光在书页上缓缓移动):简单、重复,而且乏味。那些关于金钱的幻想通常是这样的:"要是这样该多好啊:有个老太太在过马路,一辆卡车差点将她撞倒,我救了她,她说:'哦亲爱的,我该怎么感谢你呢,给你,拿着。'她把自己的项链给了我,我卖掉项链,拿到了一千美元。"或者:"要是这样该多好啊:我坐在公园的长椅上,木条之间夹着一个没人想碰的牛皮纸袋,它又皱又脏,我打开一看,发现里面有一千美元。"(在二十世纪四十年代末,在某些阶层眼里,一千美元堪比一百万。)

对她而言,那些关于爱情的故事更富吸引力,她会将这些故事编得细致入微:"要是这样该多好啊:我刚下电车,就不慎滑倒,扭伤了脚踝。他们把我送到医院,为我诊治的医生高大英俊,善良温柔,他看着我的脸,我也看着他的脸,我们没法将目光从对方身上移开。仿佛我们被黏在了一起。我们一辈子都在寻找对方,因此现在一刻也不想看向别处,他对我说:'我等了你很久,你愿意嫁给我吗?'我说:'但你是医生,是受过教育的人,我只是个穷苦的女人,无知,没文化,我会让你难堪的。'他说:'我必须拥有你,如果不能拥有你,人生就毫无意义可言。'就这样,我们从此生活在一起。"

有时,大约这样过了一个小时,她会对我说:"现在跟我聊聊,你希望发生什么。"我会说:"要是这样该多好啊:洪水暴发,瘟疫肆虐,或是革命爆发,虽然我是个小孩子,但他们找到了我,对我说:'你说得太好了,你一定要带领大家走出灾难。'"我的白日梦从来无关爱情或金钱,我总是幻想自己雄辩滔滔,激励千万人去感受自己的生活,并付诸行动。

当我说起希望发生的事情时,内蒂一直凝视着我。她眼里闪烁着光芒,飞速移动的手指也放到了膝盖上。我想,她总是盼着这次会不一样,这次我会想出跟她的故事相仿的内容,想出一个让她感到快乐,而不是困惑或尴尬的故事。但她也一定早就知道,这种可能性不大。否则她会让我多多讲述渴望发生的奇事，而不是自己讲。

十四岁那年，我的内心世界剧变，内蒂的蕾丝起了关键作用。那一年我父亲去世，也是从那年起，我开始深夜坐上安全梯，在脑中默默编造故事。家里的氛围就像太平间。母亲的悲痛出于本能且无所不在：它吸走了空气里所有的氧气。我每每回到家中，一种滞重的麻醉感就会充斥脑袋和身体。我们，我们每一个人都没法在彼此身上找到安慰——我哥哥不能，我不能，我母亲当然也不能。我们只是一起被放逐，一起被困在一个共同的苦难里。精神上的孤独第一次清晰地占据了我，我把脸转向窗外，转向梦幻而忧伤的内心暗示，只有它能慰藉我很快就会感知到的失落和挫败。

我从春天开始坐上安全梯，到了无比漫长的第一年夏天，我已夜夜不离那里。母亲就躺在我身后的沙发上，呜咽、哭泣，有时还会尖叫，直至深夜。我哥哥则漫无目的地转悠、读书或踱步。彼此唯一的交流是家人之间不客套的对话，"给我杯水"，或是，"关窗，有风"，或是，"你要下楼吗？把牛奶带回来"。我发现，只要双腿跨过窗台，或是转头面向窗外，得以离开身后的房间,我心里就会好受一点。

窗下破旧的住宅街在黑暗与寂静中变了模样。夜晚的空气澄澈、柔和、饱满,还有种难以形容的芬芳,这放大了我所寻求的神奇隔绝,自然而然地变成了我白日梦的导管。只要我背对公寓坐下来,将目光瞄准街道,一种如饥似渴的幻想便立刻开始运作。这种幻想与内蒂的"要是这样该多好啊"仅一步之遥,但那是重要的一步。我的幻想以"假设……"开头,随之而来的不是立刻获救的故事,而是关于"宏大意义"的想象。也就是说:事情总是走向糟糕的结局,但灾难自有其壮丽。我那些浪漫故事的重点恰恰就是:生活是悲剧性的。"置身悲剧",就是为了把我从生活中已习以为常的痛苦里解救出来。这些痛苦似乎毫无意义。我知道,把自己从无意义中解救出来,就是一切。宏大意义便是救赎。这就是一个少年作家的萌芽:我开始创作神话。

夏日将尽,附近出现了一个我没见过的女人。夜一深,她便朝我们街区走来,与我所在的安全梯隔街相望。我白天从来见不到她,但每晚十一点,她会准时出现。她很瘦,皮肤白皙,一头蓬乱的黑发披在脸上,窄窄的肩膀瘦骨嶙峋。她化了妆,穿高跟鞋,尼龙丝袜松松垮垮,脚踝处起了褶皱。她走路时,肌肉略微不协调,仿佛她曾像木偶一般被摔得粉碎,然后又被粗糙地拼了起来。有时她会戴一条印着热带花纹的薄披肩。这些街道充满工人阶级的体面,她出现在这里,很是奇特,但我不假思索地接受了她的出现,正如我接受这个街区的其他怪人。至少我认为是这样。

早秋的一天夜里,我见她摇摇摆摆地朝这个街区走来,便转身回到客厅,哥哥在那里看书,母亲则躺在沙发上。我把哥哥叫到窗前,指着街上的那个女人。

"你之前见过她吗?"我问。

"当然见过。"

"她是谁?"

"她是一个妓女。"

"一个什么?"

"一个无家可归的人。"我母亲说。

"哦。"我说。

那一刻我发觉,街头的那个女人打动了我。她的出现和她的外表令我心绪波动。我感觉她是一个破碎的人儿,破碎了,生了病。我开始想象自己能治愈她。这个画面冲破朦胧的思绪,迅速地自行蓬勃生长起来。随着我的治疗,她变了,她的肩膀宽了,皮肤干净了,头发也整齐了,最重要的是,她的眼神变得庄严而坚定。然而,夜晚还是愈加寒冷,她依旧穿着单薄的裙子,围着破旧的披肩,瑟瑟发抖。我想象自己给她披上一种可爱的布料,这种布料既暖和,又拥有加快疗愈进程的神奇力量。我一直想象不出这种布料的具体模样。是薄的,还是厚的?是纯色的,还是印花的?是浅色的,还是深色的?有天晚上,我细细去想,发现它是蕾丝。一连串一闪而过的画面让我感到困惑。我看见,内蒂的脸依偎在她亲手织就的蕾丝上。我看见,我、那个妓女、内蒂,我们的面孔全都悲伤地贴在那些小小的蕾丝花边上,没有可供我们其中任何一个人穿的完整蕾丝衣衫,只有小小的碎片,我们对着这些碎片,满怀忧伤。

我们沿二十三街西行。天色已晚,数百名职员涌出大都会人寿大厦。我母亲——城市里的散步专家(不消说,她还是地铁上的抢座好手),抬起手肘,试图从人群中挤出去,我紧跟其后。她就快成功了,这时一个男人故意挡在了她面前。她向左移动,他也向左移动。她转到右边,他也转到右边。她盯着他的胸口,然后像一只受惊的小鸟,迅速抬头看向他的面孔:毕竟,这是纽约。一时间,整个反应系统戛然而止。她没了反应,只是站在那里。接着,她又突然闹哄哄地运作起来。

"麦迪!"她冲着男人喊道,"麦迪逊·夏皮罗。天哪!"

现在轮到我反应不过来了。麦迪·夏皮罗,这名字我非常熟悉,可我不认识眼前的这张脸。啊,我知道了。并不是因为我二十几年没见麦迪·夏皮罗,而是因为,他整了鼻子。真叫我惊讶,母亲竟能从这张重新布局过的脸上认出麦迪。

站在我们面前的这个男人五十岁了。他棕灰夹杂的头发烫成了小卷,眼睛是冷冷的蓝色,身材瘦削性感,穿一套剪裁合宜的商务装,可爱的鼻子线条笔直狭长,这让他变得好看了:一个不太长,也不太短,恰到好处的鼻子。在另一重生活中,那个鼻子是一个痛苦的犹太式鹰钩鼻，总是将麦迪年轻而悲伤的面孔上的一切向下拽，拽啊，拽啊，一直拽入灵魂深处。他的母亲，夏皮罗太太，住在我们那栋楼的三层，她总是端着一杯麦迪喝不完的牛奶，在大街上追赶他。孩子们会尖叫起来："喝光——你的——牛奶——麦迪，把你的——牛奶——喝光。"麦迪的鼻子变得更长了，他撇着嘴，陷入了阴郁的沉默，这种沉默被他当成了永恒的生存手段。

我们十几岁的时候，有天晚上，麦迪在社区派对上用精彩绝伦的狐步舞让我们所有人大吃一惊（一个相貌平平的弗雷德·阿斯泰尔[1]，我母亲说）。我们好奇他是从哪里学了一身好舞艺。这种舞蹈可不是礼拜天下午在阴暗的电影院看看阿斯泰尔，或是在镜子前面扭扭身子就能学会的，你得专门跟人学习。但是，在哪里？跟谁学？什么时候？麦迪是不是有另一重生活？这些问题被抛了出来，但是没人耐心等候答案，更别提探明真相了。

麦迪上中学后便不大露面。不过有一天晚上，我和玛丽莲·肯纳在卧室里打打闹闹，这时麦迪走进卧

---

[1] 弗雷德·阿斯泰尔（1899—1987），本名菲德利克·奥斯特利兹，美国电影演员、舞蹈家、歌手。

室,跟我们一起玩了起来。我们开始玩"你希望有个什么样的丈夫(或是妻子,麦迪)?"的游戏。我说,我的丈夫必须非常聪明。玛丽莲说,她其实不大想要丈夫,但如果非得有一个,她希望他能让她做一切自己想做的事。麦迪闭上眼,环抱着一个想象中的舞伴,在房里跳起舞来。"她得很可爱,"他说,"还得是一个很好的舞——呜——呜——者。"有一点他那时没能说出口:比好舞者更重要的是,"她"还得是"他"。之所以没说,有一部分原因是,当时他自己尚未百分百确定。

"几个月前我遇到了你的母亲,"我母亲说,"她说她一直都没有你的消息,你们是一帮什么人啊!"我钦佩地瞧着我的母亲。她二十几年没见过麦迪·夏皮罗了,但她觉得自己可以完全随心所欲地……

路人从我们身边挤过去,很是恼火,因为我们挡住了他们走向地铁的机械脚步。麦迪哈哈大笑,拥抱我的母亲。"你们是一帮什么人啊!"他说,声音里有一种类似亲情的东西。我看着他,我知道,这话要是出自夏皮罗太太之口,他就会愤怒而痛苦地沉下脸,但它从我母亲嘴里讲出来,虽然讨厌,却也温暖,虽惹人生气,但情感充沛。就是在这种超然的时刻,我们开始讲述自己的生活。

"什么也没变,不是吗。"麦迪摇着头。

"不尽然,"我母亲狡黠地答道,"你就变了。虽然我不明白是怎么回事,但你完全变了个人。"

"也不完全是,"麦迪反驳道,"毕竟,你还是认出我了,不是吗?你知道,在这个新麦迪的身体里,从前的那个麦迪还在,你发现了他。我骗不了你,是不是?"

好吧,好吧,麦迪。

又聊了一个回合,我们开始意兴阑珊,于是交换了电话号码,承诺一定保持联系,然后分了手。我们知道,以后不会再见面了。

我和母亲继续沿二十三街向西走。她用手指抓住我的小臂,悄悄向我靠过来。"告诉我,"她说,"麦迪是所谓的同性恋吗?"

"是的。"我答。

"同性恋会干什么?"她问。

"你干什么,他们也干什么,妈。"

"什么意思?"

"他们跟你一样做爱。"

"他们结婚吗?"她笑了。

"有些人会。大多数人不会。"

"他们孤独吗?"

"跟我们一样孤独,妈。"

她沉默了,古怪而出神地盯着不远处,大约从去年开始,她养成了这样的习惯。她脸上挂着那种恍惚的神情,孤孤单单。但这种孤单跟我所熟悉的那种不同,我熟悉的那种会把她的脸扭曲成一张痛苦的面具,在那种孤单里,她累积着自己的不忿与失望。此刻的孤单是柔和的,而非痛苦的,它饶有兴致,不带半点自怜。现在她眯起双眼,是为了更加清楚地理解自己的所知,也为了专注于自己的经历。她回过神,仿佛大梦初醒。

"人有权过自己的生活。"她静静地说。

十一月底的一天,凌晨四点,我父亲去世了。五点半,医院传来电报。至此我父亲已经在那家医院的氧气帐下满心恐惧地躺了一个礼拜,他们说那个氧气帐能救他的命,但我心中有数。短短五天,他的心脏病发作了三次,最后那次要了他的命。那年他五十一岁。我母亲四十六。我哥哥十九岁,我十三岁。

门铃响起,我哥哥第一个跳下床,母亲紧随其后,我跟在母亲身后。我们一起挤在小小的门厅。哥哥站在门口,就着六十瓦灯泡的光亮,盯着一张浅黄色的方形纸。母亲的指甲嵌进了他的手臂。"爸爸死了,是不是?是不是?"哥哥瘫在了地上。尖叫声响了起来。

"哦。"我母亲叫道。

"哦,我的天哪!"我母亲叫道。

"哦,我的天哪,帮帮我。"我母亲叫道。

泪水流了下来,慢慢涨潮,溢满整个走道,流进厨房,淌过客厅,拍打着卧室的四壁,把我们一起冲走了。

接下来的那个白天和夜晚,我母亲身边一直围着一些哀哀哭泣的女人和惊恐万状的男人。她拉扯自己的头发,掐挖自己的皮肉,反复陷入昏厥。没人敢碰她。她独自待在一个奇怪的隔离圈内。他们围着她,却没有闯进去。她着了魔,已鬼迷心窍。

面对我,他们则自行其是。带着一种宗教仪式般的怜悯,他们将我在人群之间推来搡去,比起忽视我,这种做法更令我感到孤立无援。他们把我按在胸口,几乎让我窒息,喂我吃些难以消化的食物,差点噎死我,又把一连串麻木人心的安慰灌进我的耳朵。我只想离开。我不做任何回应,接下来的时间里一直如此。

我母亲呆滞的目光时不时地死死落在我身上。她大声叫出我的名字,接着喊道:"一个孤儿!哦,我的天哪,你成了一个孤儿!"没人敢鼓起勇气提醒她,依犹太教的习俗,失去母亲才是孤儿,失去父亲,只能算半个孤儿。也许这无关勇气。也许他们明白,她说的根本就不是我。她在说她自己。一种无比原始的失落感啃噬着她,她将所有的悲伤埋进了心底。每个人的悲伤。妻子的悲伤,母亲的悲伤,还有女儿的悲伤。悲伤充斥着她,也掏空了她。她成了一个容器,一根导管,一种表现形式。现在她拥有了一种非凡的流动性,它既感性又苛刻。她躺在沙发上,像个布偶似的,目光暗淡无神,舌头从微张的口中耷拉出来,手臂无力地垂着。突然,她猛地站了起来,身体僵直而敏捷,目光锐利,额头上沁满汗珠,脖子上青筋直跳。过了两分钟,她开始拼命挣扎,扑在沙发上,倒在地上,脸色发白,双眼紧闭,嘴巴抿得死死的。这种情形持续了几个小时,好些天,许多个礼拜,很多年。

我觉得自己只是母亲这出丧亲大戏里的一个道具,但我并不介意。我也不知道自己该有什么感觉,我没时间细想这个问题。事实上,我很恐惧。我不排斥恐惧。我想,这是个不错的反应,跟别的反应一样。只是,恐惧带来了某些责任。例如,它需要我的视线一刻也不离开母亲。我一直没哭,一声也没哭。我听到有个女人小声说:"不正常的小孩。"我记得,当时我在想,她不明白。爸爸走了,妈妈显然随时也会走。如果我哭了,我就看不见她了。如果我看不见她,她就会消失的。到时我就一个人了。由此,我开始执意让母亲停留在我的视线之内。

爸爸长眠地下的那天,夜半时分下起了雪。母亲在湿漉漉的沙发上辗转反侧时,瞥见了窗外飘落的雪花。"哦,可怜见,"我母亲喊道,"雪落在你身上了,我的爱人!你孤零零地躺在雪地里。"家里有了用来标记时间的新日历:爸爸坟上第一次飘雪、第一次下雨、第一次出现夏天的绿意、第一次触碰秋日的金黄。每个第一次都由高亢尖锐的哀号声宣布,这声音先是像扎在我心里的一条刺,后来成了钉在我脑中的一根针。

举行葬礼的那天早上,我醒来后发现妈妈在沙发上辗转反侧,她已经在那里躺了四十八个小时,不肯换衣服,早已在哭泣。哭声有节奏可循,并且循环往复:最初是低低的呜咽,很快变成刺耳的尖叫,接着没了力气,声音渐渐弱下去,又回到了一开始的呜咽。每个周期持续两三分钟,在那个漫长的早晨里稳定地重复。与此同时,八九个人(我哥哥,几位叔叔阿姨,还有几个邻居)在公寓里茫然地走来走去:进出厨房,往来客厅,出入卧室。

在我的印象中,没人交谈,也无人给予沉默的拥抱。的确,我们这样的人,常常做出暴躁的举动,却难以给予温柔的安慰,不过,让我们一起陷入沉默的是妈妈。妈妈的痛苦突显了爸爸的死亡,让我们都成了一个重大事件的参与者,它告诉我们,某件事已然发生,面对这件事,我们难以承受,无法幸存,至少会因此遭受永恒的阻滞。不过,在这个事件中,妈妈依然占据着舞台的中心,我们其他人只在背景里四处挪动,没有眼泪、沉默不语地穿行在阴郁苦痛的泥泞之中。仿佛我们全被吸进了她壮观的诀别里,成了她丧亲的见证人,而不是哀悼者。我们在阴暗的公寓里走来走去，心里想的全是妈妈——面对这样的骚乱，谁会想起爸爸呢？——需要被留心与照料的妈妈，痛苦得快要彻底崩溃的妈妈。灾难似乎迫在眉睫，而非已经发生。

到了中午，家里突然挤满了人，他们本不该出现在这里，而是应该按照约定直接去殡仪馆。这些人把我们逼到了绝境。每当妈妈的视线里出现一张新面孔，她就觉得有必要再大哭一场，再尖叫一阵。我的恐惧剧增。现在她一定会陷入歇斯底里的状态，再也没法好起来了。

是时候把她从沙发上拉起来，给她抚平衣衫，将她带出门。她的腿刚滑下沙发，就开始痉挛，开始抽搐。她眼珠上翻，身体瘫软，双脚拒绝触地，像一个等候行刑的人，被拖出了家门。男男女女架着她往前走，他们哭泣，恳求，尖叫，因感同身受而晕倒。

在殡仪馆，她试图爬进棺木。到了墓地，她想跳入敞开的墓穴。葬礼上还有其他值得永远记住的时刻——我哥哥晕倒了；我盯着棺木看了太久，最后只得被人拉走；一位政治上的同志在墓前宣布，我父亲曾在美国为金钱卖命。但这些瞬间并不清晰，轮廓也不大鲜明。母亲的疯狂执着得令人印象深刻，与之相比，这些瞬间在记忆中黯然失色。

葬礼似乎持续了整整十天。家里始终逗留着十几个人。母亲躺在沙发上，不住地哭泣与昏厥。屋里的男男女女一个接一个地轮流走到她的身边，无助地对着她看上几分钟，向她保证，最糟糕的事情已经过去了，接着指点她：生活就是这样。大家都无能为力。她必须振作起来。继续生活下去。说完这些，他或她就会如释重负地站起来，走向厨房，那里一直有三四个女人，她们随时准备端上一杯咖啡、一碗汤、一盘荤素搭配的饭菜。（我记得家里没开伙，但煮好的饭菜每天都会神奇地出现在厨房里。）

截至当时，厨房是最意思的地方。有两个女人每天必定出现在那里：我的姨妈萨拉和齐默尔曼太太。她俩对自己的丈夫感情淡薄，自然也认为婚姻是一种折磨。但我母亲的出色表现让她们闭上了嘴。只是时不时地，按捺不住的齐默尔曼太太一边在灶台上搅拌羹汤，一边小声嘀咕："她躺在那里，哭得跟个疯子似的。我要是回家发现丈夫死了，那一定是上帝保佑的结果。"萨拉依旧沉默不语，但厨房里的其他人，我另一个姨妈、一个亲戚，或一位朋友（为何似乎总是一个戴着覆波点面纱的黑帽子的女人？）会斥责齐默尔曼太太。"拜托，太太！"她会说，"她跟你不一样，而且，你要是不介意，稍微尊重一下逝者吧。"齐默尔曼太太的脸涨得通红,她一张口,还没来得及出声,萨拉就把手搭在她的胳膊上,恳求她不要发作。我坐在餐桌旁的木长椅上,通常依偎在内蒂怀里。这番交谈让我兴奋,因此对萨拉的干涉深感失望。接着内蒂会低下头,我能感觉到,她把嘴唇埋进我的发丝,正在偷偷微笑。这跟齐默尔曼太太那番话一样棒。没过多久,齐默尔曼太太还是开了口。另一个尖锐的回应划破了厨房的空气。

我那时不知道,不是每个失去丈夫的女人都会像妈妈那样,但我知道,厨房里的交谈非常有趣。一个人言辞犀利,另一个态度审慎,第三人独断专横。对话严峻而活泼,给屋里带来了生气与张力。内蒂自然不怎么开口,但她常常与我紧密相依的身体在代她发声,她的话语隐秘、躁动,而且有趣。我不知道厨房里发生了什么,但女人们的反应告诉我,这是一个尚无定论的难题。而且,她们沉浸其中的样子,我非常喜欢!我感觉自己因此得到了滋养与保护,也变得振奋与安慰。尤其令我印象深刻的是那种如释重负的感觉。

柔情完全不存在,无论是在厨房,还是在客厅,没有任何温和或舒缓的元素可供自我疗愈或是擦拭伤口。不过,客厅与厨房依然不同,它们之间的区别正如窒息与生还。客厅全然是死水无波的骇人,气氛凝固,没有一丝空气。你在这里深深地吸上一口气,憋到窒息为止,这时你要么出来,要么死去。厨房里叽叽喳喳,气氛时起时落,渐渐沉寂,又再次激荡,这里有动静与空间,也有光线和空气。你可以呼吸。你可以活下去。

大部分时间内蒂都在旁边。在我旁边,而不是妈妈旁边。她在门口或门厅徘徊,在厨房羞怯地坐着,却很少进客厅。那些体面的犹太女人:她没法越过她们,挤到妈妈身边。偶尔,她会跨过门槛,像孩子一样站在那里,双手拧在背后。只有当母亲发现她,向她伸出手臂,哭喊道:"内蒂,我失去了我的爱人。"内蒂才会觉得自己可以自在地(也就是,接到了命令)冲过去,跪在沙发旁边,泪流满面。

不过,她在我身边时,不仅觉得自在,而且感到平等、被需要。她跟我一起坐在厨房的长椅上,手臂松松地搂着我的脖子,用修长的手指给我梳理头发。我们彼此心知肚明,她既没有智慧,也没有权威,可供安抚我的焦虑(她甚至不是个知心姐姐,她向我倾诉得多,而我对她吐露得少),但她可以变成另一个孤儿,像依偎在里奇身边那样,依偎在我的身旁,用她温暖无助的身体给我安慰。

丧礼持续的那个礼拜，我们一起在厨房长椅上度过的那段时间里，一件别的事萌芽了。女人们讨论着男人和婚姻，我能感觉到，内蒂有时把脸埋在我头发里，悄悄微笑，有时将面孔贴在我背上，按捺大笑，这时一种令人不安的兴奋传遍我的身体。她知道这个房间里其他人不知道的事情，我发觉，她想把我拉进她的知识体系，让我在那些知识中与她会合，成为她真正的朋友。

邀请就藏在她与我相依偎的身体的动作里，关键在于它的自由与亲密。内蒂的动作富有节奏，她的拥抱也令人安心。她抚摸我的头发和肩膀。我感到安慰与平静。我歪向她。她的触摸似乎执着了起来。我觉得有什么在牵引我，把我拉去未知的方向。仿佛出现了一个幽暗柔软的地方，内蒂站在它的入口吸引着我，她的身体在对我说：来吧。别害怕。我会助你渡过难关。一个梦幻而广阔的模糊景象在我脑中与心口融化。我倚着她，打起了盹：袒露的意愿被唤醒了。

突然，恐惧刺痛了我的皮肤。我感觉自己往前一栽，头先着地。那个柔软幽暗的地方竟是一片漆黑的虚空。而她？她是谁？她不过是个窃笑的小女人，一个大孩子。当我们交换幻想时，我一直觉得自己比她年长。如果我跟她一起走进幽暗，我们就成了两个孩子,将一起孤独地困在那里。我怎么能相信她?她不是一个值得信赖的人。我的身体在她怀里变得僵硬。她突然坐直,在这个蛊惑人心的时刻跟我一样茫然,对我的突然退出感到不解和恐慌。

"我想去看看妈妈。"我说。

内蒂变换了手臂和双腿的姿势,像猫一样灵巧自如,她的目光变得晦涩,脖子变得修长。我可以离开桌子了。

到了客厅,我蹲在母亲身边的地板上,她立刻将我的脑袋按在她的心口。她有力的双臂箍着我,她的呜咽摇撼着我。只几秒钟的时间,内蒂叫人昏昏欲睡的魅惑就烟消云散。我心中战栗,仿佛刚刚死里逃生。我的焦虑似乎冷酷而卑鄙。我任由妈妈把我碾在她滚烫的胸膛。我没有反抗。妈妈才是我的归宿。跟妈妈在一起,事态明朗:我难以呼吸,但我是安全的。

早些时候下过雨,现在是下午一点,纽约一时间被冲洗得干干净净。街道在春日的微弱阳光下熠熠生辉。汽车散发着纤尘不染的愉悦气息。商店橱窗漫不经心地闪耀着光芒。连行人都显得焕然一新。

我们沿第八大道朝格林威治村走去。在第八大道与格林威治的交界处，有一家白塔堡汉堡店，一群流浪汉长期盘踞在那里，招待来自十四街、切尔西，甚至鲍厄里的外地人。街角的聚会通常喧闹，今天下午的这一场显然很是阴郁，没有受到雨过天青的感染。我们路过餐厅门口，这时一位先生竟离开人群，迟疑地迈了两三步，挡住了我们的去路。他摇摇晃晃地站在我们面前。这是个黑人，年龄介乎二十五与六十岁之间，脸上有伤，伤口肿胀，四分之三的眼皮耷拉着。头发是一百根小脏辫，裤腰由一根绳子勒住，鞋子比脚大两码，脚上没有袜子。胸前也没有贴身的衣物，直接袒露在肮脏的粗呢外套底下，他一动，外套就敞开了。这个人与我们面对面站着，掌心朝上，摊开双手，说道：

"女士们，给我一千块，让我买杯马提尼，好吗？"他问。

母亲直视着他的面孔。"我知道现在通货膨胀，"她说，"但一杯马提尼要一千块吗？"

他张大了嘴巴。天晓得已经过了多久，第一次有个天真的人没把他当空气。"你真漂亮，"他小声对她说,"漂亮。"

"看看这人,"她用意第绪语对我说,"你看看他。"

他把蒙眬的眼睛转向我。"她——说——啥?"他问,"她——说——啥?"

"她说你让她心碎。"我对他说。

"她是——这么——说的?"他的眼睛几乎完全睁开了,"她是——这么——说的?"

我点点头。他猛地转向她。"带我回家,跟我做爱。"他小声咕哝。光天化日之下,他开始当街乱嚷。"我需要你,"他冲我母亲吼道,然后弯下腰,双手握拳,放在腹部,"我需要你。"

她对他点点头。"我也需要,"她淡淡地说,"幸运的是,或者不幸的是,我需要的不是你。"她推着我,绕过了这个一动不动的流浪汉。他陷入了茫然,再也不会阻挡我们前进的步伐。

我们穿过阿宾顿广场,来到布利克街。高雅的西村包围了我们,这让我们不再平静,却很安静。我们经过了一个街区又一个街区的古董店、美食店和精品店,一句话也没说。但我和母亲又能沉默多久呢?

"我在读你给我的那本传记。"她说。我困惑地看着她,然后想了起来。"哦!"我欣然一笑,"你喜欢吗?"

"听着。"她开始说道。微笑从我脸上消失了,胃也开始痉挛。这句"听着",意味着她要把我给她看的那本书贬得一文不值。她会说:"有什么,书里有什么?这里面有什么我不知道的东西?我经历过,我全知道。这个作家能写出什么我不知道的东西?完全没有。这书在你看来很有趣,但在我眼中?我怎么可能觉得它有趣?"她会不停地说下去,每当她惊恐地发现自己不理解某样东西时,就会这样,她在冷嘲热讽和吹毛求疵中寻求庇护。

我给她看的,是约瑟芬·赫布斯特[1]的传记,那是一位三十几岁的作家,也是一个顽固、任性、激愤的女人,她抓着政治、爱情与写作不放,在这些领域厮杀到生命的最后一刻。

"听着,"我母亲用一种自以为和缓、实际上居高临下的语气说道,"也许这书在你看来很有趣,但我不这么认为。这些我全都经历过。我全知道。我能从这书里收获什么?什么也没有。对你来说,它很有趣。但在我眼中不是这样。"

---

1 约瑟芬·赫布斯特(1892—1969),美国左翼女作家、记者、文学评论家。

每次一听到这种话,我就怒火中烧,没等她结束自己的滔滔不绝,我就开始冲她开火:"你就是个文盲,你什么都不知道,只有无知的人才会像你这样说话。你所谓的'全都经历过',只不过是有相似的背景,这意味着这本书的意涵更加丰富,而不是说你自己能写出这样的书。比你有文化一千倍的人读了这本书,都能有所收获,而你竟然没法从中受益分毫?"我会没完没了地说下去,彻底毁掉我俩的这个下午。

但是,在过去的这一年里,一种奇怪的情况开始出现。有时候我并未怒火中烧。我虽恼火,却仍能保持冷静。我没有暴跳如雷,没让这个下午演变成一场浩劫。今天,类似的时刻似乎再次降临。我转向母亲,用左臂揽住她依然坚实的后背,右手则握住她的上臂,说道:"妈妈,如果你觉得这本书不好看,没有关系。你可以说出来。"她不好意思地看着我,睁大了眼睛,微微侧着头,现在她饶有兴致。"但别说它对你毫无裨益。别说书里什么也没有。这话对你、对这本书、对我,都不公平。你这样说,就是在贬低我俩和这本书。"听听我的话。多么智慧。这一切都是在十分钟之前想到的。

沉默。长久的沉默。我们又经过了一个街区。沉默。她看着不远处。我跟着她的脚步,让自己的步伐与她的保持一致。我没说话,也没有催她开口。又沉默地走过了一个街区。

"那个约瑟芬·赫布斯特,"我母亲说,"她一定坚持了下去,是不是?"

我放下心来,高兴地拥抱她:"她也不知道自己在做什么,但没错,她坚持了下去。"

"我嫉妒她,"母亲脱口而出,"我嫉妒她,因为她过上了自己想过的生活,而我没有。"

父亲去世五周后,妈妈去上班了。他给我们留下了两千美元。上班,还是不上班?这并不是一个需要商榷的问题。不过,要不是经济所迫,她不得不走出家门,很难想象会发生什么。其实依我看,她会待在昏暗的房间里,在沙发上躺上整整二十五年,捂着额头喃喃自语:"我办不到。"尽管她办得到,并且的确做到了。

她系好腰带,穿上灰色的旧西装,脚蹬黑色麂皮粗高跟,往脸上扑了粉,抹了口红,然后搭地铁到市中心的一家职业介绍所,在那里找到了一份办公室文员的工作,薪水是每周二十八美元。此后,她每天早上起床,穿戴整齐,喝一杯咖啡,给我列好购物清单,把它和钱一起放在餐桌上,接着步行四个街区,抵达地铁站,买一份《纽约时报》,在地铁上读完,在四十二街下车,走进办公楼,在工位上坐下,做完一天的工作,五点钟下班回家,走进公寓大门,瘫坐在厨房的长椅上,吃完晚餐,然后躺进沙发,立刻陷入沮丧,她像迎接热水澡一样迎接它的到来。仿佛她工作一整天,就是为了赚取这份绝望,它忠心地等在她勉强赶赴的日常生活之旅的终点。

到了周末,沮丧自然就没停过。礼拜六和礼拜天,家里终日笼罩在沉默的黑色阴影之下。妈妈不做饭,不打扫,也不出门购物。她不参与闲谈:那些让屋子里有人气、表明对生活仍有兴趣的流口常谈。她不笑,也不接话,不参与任何引人入胜的厨房里短家长,这些对话都发生在我们其他人之间:我、我的姨妈萨拉、内蒂,以及我哥哥。她极少说话,即便开口,声音也总是干涩凄苦,让听众及时想起她的"状况"。她要是接电话,说"你好"时声音会降低八度;她觉得不这么做,致电人就没法清楚地了解她矢志不渝的痛苦。一连五年,她没有看过一场电影,没有听过一次音乐会,也没参与过任何公众集会。她只是工作,只是受苦。

孀居生活给妈妈提供了一种更高级的生存形式。

她拒绝从我父亲的死亡中复原,在这个过程中她发现,生活被赋予了严肃的色彩,那是她在厨房岁月里所不曾拥有的。接下来的三十年里,她一直献身于这种严肃性。她从未厌弃它,有了它的陪伴,她也从未感到无聊或不安。她找到了各种方法来维持对它的兴趣,这种兴趣是孀居生活应得的,它显然确实也得到了。

悼念父亲成了她的职业、她的身份、她的人设。许多年后,当我想起我们所有人都曾生存其中的政治时(马克思主义和共产党),我意识到,那些管道工、面点师、缝纫机操作员认为自己其实是思想家、诗人和学者,因为他们是共产党员。我明白,妈妈看待自己孀居生活的方式也是如此。在她自己的眼中,她因此升华了,成了一个有深沉精神世界的人,她的忧郁变得厚重,她的话语添了辞藻。爸爸的死成了一种宗教,自带仪式和教义。一个失去了毕生之爱的女人——这便是她现在的正统:她像关注犹太法典一样关注着它。

对我而言,爸爸生前从未像死后这般真切过。他的身影总是有些模糊,他和蔼,面带微笑,站在妈妈表演的夫妻感情大戏背后,成了她维持长期颓废的一件必要道具,现在依然如此。事情看起来简直像,她跟爸爸一起生活，就是为了抵达这样的时刻。她的痛苦是如此天崩地裂，就像是命中注定。对我来说，毫无疑问，它改变了整个世界。

我赖以呼吸的空气浸透了她的绝望，变得浓稠而醉人，既令人兴奋，也充满危险。她的痛苦成了我的日常元素、我栖居的国家、我屈从的规则。它对我发号施令，让我做出违心的回应。我无比渴望远离她，却没法走出她身处的房间。我害怕她下班回家，但她归来的那刻我却从未缺席。她在我眼前时，我的肺部塞满了焦虑（我心口憋闷，有时还觉得脑袋上箍着铁环），但我把自己关在浴室，为她泪如雨下。每到礼拜五，我就做好了准备：接下来的两天里会充满哭泣、叹息和无来由的责备，抑郁像引航灯熄灭时逸出的煤气，不断渗入空气。我怀着负罪感醒来，又携同负罪感入睡，到了周末，负罪感已经积聚成轻度感染。

她让我陪她睡了一年，之后的二十年里，我再也没法忍受任何女人把手放在我身上。因为害怕独自入睡，她会伸出手臂，搂住我的腰，把我拉到她的怀里，焦虑而心不在焉地摩挲我的身体。我逃避她的接触，她却从没发现。我渴望贴到墙边，却永远无法靠近，总是被她拉回身边。我的身体变成了疼痛僵硬的石柱。我一定很兴奋。我当然很反感。

整整两年,她每隔两三个礼拜,就会在星期天的早上把我拽到墓地。墓地在皇后区。这意味着我们单程要搭三次公交,时长一小时十五分钟。我们一爬上第三辆公交,她就开始哭泣。我手足无措地拥抱她。她的哭声越来越响亮。不适在我心中渐渐升起,环抱她肩膀的手臂变得僵硬,双目紧盯着黑色橡胶地板。公交抵达最后一站时,她已接近抽搐。

"我们该下车了,妈妈。"我小声恳求。

她不情愿地抖了抖身体(她一旦开始痛哭,就会软弱无力,她不喜欢这样),然后缓缓地爬下公交。不过,等我们穿过墓园大门,她就会想起自己的正事,因而打起了精神。她会攥着我的手臂,拉着我在几英里长的墓碑间穿行(我俩似乎都忘了坟墓的具体位置),她像酒鬼似的踉踉跄跄,一边跌跌撞撞地转悠,一边尖叫:"爸爸在哪里?帮我找到爸爸!他们把爸爸弄丢了。爱人!我来了。等着,再等一下,我来了!"接着我们找到了坟墓,她飞身扑上去,最终迎来了风暴般的汹涌释放。回家的路上她成了一个布偶。而我?心情麻木,沉默不语,庆幸自己撑过了早先恐怖的那几个小时。

十五岁那年,有天晚上我梦见家里空空荡荡,家具一件不剩，墙壁粉刷过，阳光普照，四壁雪白，房间闪闪发光。一条长绳蜿蜒在每个房间的半腰，贯穿了整个公寓。我顺着绳子，从我的房间走到大门。门开着，父亲站在那里，脸色发青，周身笼罩着雾气与黑暗，绳子的一端系在他的腰间。我把手放在绳子上，开始往回拉，但我无论多么用力，都没法把他拉进门槛。突然，母亲出现了。她把手放在我的手上，也开始拉。我对她的干涉大为光火，我想甩开她的手，可她不肯罢休，而我又非常渴望把他拉进家门，于是我对自己说："好吧，只要我们能把他弄进来，我甚至愿意让他归她所有。"

许多年来，我一直觉得这个梦无须阐释，但如今我觉得，我渴望把父亲拉进门槛，不是出于内疚，也不是争风吃醋，而是为了摆脱妈妈。她让我毛骨悚然。她无处不在，我浑身上下、由内至外都被她笼罩着。她的影响像一层薄膜，黏住了我的鼻孔、眼皮和张开的嘴巴。我每吸一口气，都会把她吸进体内。在她令人麻醉的氛围里，我昏昏欲睡，她的存在、本性与令人窒息的痛苦女性气质，全都既丰富又幽闭，让我无法逃脱。

更严重的情况我当时还不知道。

梦到那幅景象的那一年，有天下午我坐在内蒂身边。她在织蕾丝。我在喝茶。她大声说起自己的幻想。"我觉得,你今年会遇到一个很好的男孩,"她说,"一个比你大的男孩,他即将大学毕业,准备找份好工作。他会爱上你,你们很快就会结婚。"

"这太荒唐了。"我尖刻地说道。

内蒂的手垂到了膝盖上,手里还拿着蕾丝。"你说话的语气跟你母亲一模一样。"她轻轻地说。

这太荒唐了。有时我觉得,我生来就会这么说:"这太荒唐了。"这句话脱口而出,跟说"早安,晚安,玩得开心,保重"一样自然。这是我最本能的回答。各种各样的观察让"这太荒唐了"从我的大脑传到我的舌尖,次数之频繁,让人咋舌。

"私通让现代婚姻得以存续。"某个人说。

"这太荒唐了。"我会说。

"埃德加·爱伦·坡是美国文学史上最被低估的作家。"某个人说。

"这太荒唐了。"我会说。

"体育运动能影响一个人的价值观。"

"这太荒唐了。"

"电影会影响人们的幻想。"

"这太荒唐了。"

"我要是能休假一年,整个人生都能为之一变。"

"这太荒唐了。"

"你知道吗?大多数女人不愿意离开家暴她们的丈夫。"

"这太荒唐了!"

三年前,我在街上遇到了多萝西·莱文森。我们拥抱、亲吻了好几次。她站在那里,重复着我的名字。然后,她微微一笑,问道:"你还会说'这太荒唐了'吗?"我看着她。自我十三岁起,她就没再与我碰过面。我感到血液在脸颊上翻腾。会,我点点头,我还会说。她仰头大笑,差点笑出心脏病。她当场邀请我那晚跟她和她的丈夫一起去餐馆用晚餐。那是一个怎样的夜晚啊。

多萝西·莱文森。曾经美得让人心痛。现在她就在眼前,五十岁了,苗条,可爱,浑身散发着犹太人的精明,有了皱纹的双眼满含深情。她的模样跟她母亲在这个年纪时的极其相似:温柔亲切,有点困惑,略带悲伤。

莱文森一家。我从前喜欢他们家的每个人——

多萝西、四个儿子、那对疯狂的父母。不过,我最喜欢的是戴维,那个最小的儿子,我们一样大,当时都是十二岁。他却一点也不喜欢我,我为此痛苦不已。那时他苗条精壮,有一头油亮的黑卷发和一双明亮的黑眼睛(每个女孩都想得到他),而我当时又矮又胖,阴郁高傲。这件事根本没有指望。

莱文森一家是我们的夏日邻居。我十岁至十三岁的那几年,每个夏天我们都会搬去卡茨基尔山的本氏度假屋。住在这个度假村的主要有两种人:一种来自布朗克斯区,就像我们,另一种来自下东区,就像莱文森一家。或者,按我母亲的说法,就是:"政治开明人士和犹太黑帮。"

到了山里,犹太黑帮在各方面都优胜于政治开明人士。他们很快就摸清了该去哪里度过乡下的好时光,并开始一心一意地实现这个目标,就像争取在格兰街的行动时那样。泅水时,他们在湖里游出更远;采摘野果时,他们的搜寻范围更广;就算进了森林,他们也能跋涉到丛林更深处。他们在电闪雷鸣的暴雨中跳舞,在溽热难当的夜晚睡到空旷的山坡上,一有机会便摆脱自己的处子之身,并执着于让别人也失去童贞。

他们当中肤色最深、性子最野的都出自莱文森家——从长子桑尼到独女多萝西,再到我心爱的戴维。他们美得让人不敢直视。连续两个夏天,我们跟莱文森一家共住一栋双户度假屋。他们出入家门时,将纱门甩得乒乓作响,门框单薄,跟我家的一样,这让我一直心情焦躁。关于那两个夏天,我所记得的是,丝滑的黑色卷发在正午的阳光下一闪而过,充满狡黠笑意的黑眸在明亮的阴凉处飞快地瞥了几眼。他们总是准备去某个地方,总在筹谋着什么事。无论他们做了什么,那都是该做的事。不管他们去了哪里,那都是应去的地方。我渴望收到邀请,能够参与其中,但这个愿望从未实现。我跟母亲一起待在屋里,或是去附近的草坪上看书,他们却跑了出去,在夏日芬芳的空气里捉蜥蜴、捕青蛙、探索废弃的房屋,反复跳入湖中,赤裸身体,感受阳光晒在棕色肌肤上的滋味,而我早已被唤回家吃晚饭。

我、多萝西和她的丈夫去了格林威治村的一家餐厅,话题一下子回到了过去。多萝西的丈夫是一位会计,他知道自己没法插嘴,所以在这个晚上乖乖地当起了听众。我和多萝西沉浸在点点滴滴的回忆里——格兰街、布朗克斯区、本氏度假屋,话音此起彼伏,无论提起什么——有时甚至什么也没说,我们都会大笑不止。

多萝西一直问我"还记得吗"。还记得森林里那间废弃的小屋吗？还记得去远处的高山上采浆果吗？还记得躺在齐脖子高的荆棘上划破了屁股吗？还记得礼拜天晚上走廊里那些女人的热情与粗俗吗？多萝西的记忆细致详尽，我自己的倒是很粗略。这不仅仅是由于她比我年长八岁。还因为她来自莱文森家。她过得比我充实。

而我一直在问，桑尼怎么样？拉里和米蒂怎么样了？还有你父亲。（我没有问候莱文森太太，因为她已去世，我也没提起戴维——他现在是耶路撒冷的拉比[1]，因为我不想知道。）

"桑尼？"多萝西说，"我们之间只剩分析。分析，分析。桑尼在部队的时候，妈妈病了。爸爸丢下她走了。桑尼回了家。他跪在床边，说：'我会照顾你的，妈妈。'她说：'我要的是杰克。'桑尼夺门而出。后来他说：'当我意识到她爱杰克胜过爱我，我对自己说，去她的。'但他从来没能释怀。他有一位好妻子、几个好孩子，住的地方离我不远。你知道我们都还住在市区，是不是？你肯定知道。所以桑尼现

---

[1] 犹太人中的"圣者"，为犹太教会的精神领袖，或在犹太经学院中传授教义。

在会来我家,我的朋友坐在沙发上,他一番审时度势之后,扭头看向卧室,说道,我有话跟你讲;我的朋友哈哈大笑。但仅此而已。我们并不分享彼此的生活。他来我家,接受分析,然后回家。拉里?他现在240磅。交了一个女朋友,但他还住在埃塞克斯街的旧公寓里,她不该认为他已对她死心塌地,毕竟他才跟她交往了六年。戴维!你不想知道戴维的近况吗?戴维很棒!谁能想到我的小弟是个信徒?但他的确如此。他成了信徒。"

我差点脱口而出:"这太荒唐了。"幸而及时刹住了车。但我没法坐视不理。她滔滔不绝地谈论桑尼和拉里时,我一直沉默,现在我觉得必须得说点什么。"哦,多萝西,"我说,我觉得自己的语气非常温和,"戴维不是信徒。"

多萝西的目光落在了桌上,她眉头紧锁。再次抬头时,她目光炯炯,唇边挂着一个意味不明的微笑。

"你什么意思?"她问。

"如果戴维在十八岁那年就离开埃塞克斯街,如今他就不会投身宗教,"我说,"他在寻找一种让生活复苏的方式,可他没有这样的才能。所以他皈依了宗教。现在他成了耶路撒冷的拉比,这恰恰表明他是多么迷茫,而不是找到了自我。"

多萝西看着我，不停点头。再开口时，她的声音异常平静："我想，你也可以这么看。"她说。我笑着耸耸肩。我们丢开了这个话题。

我们接着聊天，一再忆起度假村的故事。大多数时候是多萝西在说。几个小时过去，交谈变成了多萝西的独白。她的语速越来越快，句子接踵而至。一幅情感记忆的拼图现出了雏形：她是怎样看我的，怎样看我母亲的，以及怎样看待我母亲与她母亲的关系。我开始感到不适。她对这一切记忆犹新。她过去是那样关注我们。尤其关注我的母亲。

多萝西一边说，一边开怀大笑。她笑得前俯后仰。突然，她转头与我面对面："你从未像我们那样真正享受夏日。你总是那么挑剔。你当时那么小，却那么出色。似乎你知道自己比周围的任何人都聪明，你总能看穿一切是多么愚蠢、虚无或荒唐——这是你最喜欢的词。你母亲也是，她比周围的人优胜许多。她的确如此，的确。你父亲很爱她。她走在他的身边，他搂着她，而她紧紧地抓着他，天哪，她真的是紧紧地抓着他，就像求生时抓着救生筏，她环顾四周，想让每个人都看看，她跟自己情人般的丈夫在一起是多么幸福。她仿佛想让那里的每个女人都嫉妒她。而我的母亲呢？整个夏天，我的父亲只出现了一次。她经常因为你的母亲而哭泣:'看看他对她多好,再看看杰克是怎么对我的。她什么都有,而我什么都没有。'"

多萝西又笑了,仿佛不笑就不敢说下去。"我母亲很善良,"她说,"她有一颗善心。你母亲呢?她很有条理。孩子生病时,我母亲通宵陪护,你生病的话,她也会这样陪你。你母亲则像军士长一样踏进厨房,对我母亲说:'莱文森,别哭了,穿上文胸,把自己收拾一下。'"

她笑得更频繁了,但笑声里有了铁腥味。多萝西努力让自己停下来,不再谈论我的母亲和她的母亲。突然她开始追忆我还没出生的年代,开始向我们讲述多年前犹太神秘主义者去别墅度假村巡游的事,当时她才八九岁。"女人们在黑暗里围坐一圈,"她说,"桌子上点着一支蜡烛。灵媒闭上眼睛,颤抖着说道:'哈贝西克,蒂舍尔。'升起来吧,小桌子。"("真的会升起来吗?""当然会!")"女人们开始尖叫,晕倒。'是你吗,摩西?哦天哪!是摩西!'尖叫晕倒的人更多了。"

多萝西狠狠地看了我一眼,说:"要是你母亲在场,她一定会大步流星地走进来,打开灯喝道:'在胡闹什么?'"我和多萝西的丈夫目瞪口呆地看着她。

他还没来得及阻止,她就凑到我的耳边,咬牙切齿地低声对我说:"她从没爱过你。她从没爱过任何人。"

第二天早晨,我意识到,虽然我就戴维的事情驳斥她之前,没说"这太荒唐了",但多萝西还是听到了这句话。她心里的母亲听到了我心里的母亲。

今天我又看到了那个男人。这一回,已过去了五年。当时我和母亲在上百老汇大道寻找一家以徒步鞋著称的鞋店。我们快到八十三街时,他拐出了街角。我不由得退了一步。"怎么了?"我母亲问。"没什么。"我说。但她随着我的目光,发现我一直盯着一个男人的脸,他并无特别之处,你在百老汇走上二十分钟,也许会与五十个这样的流浪汉擦肩而过。

"他是谁?"她追问我,"你认识他吗?"

"记得好多年前门口的那个男人吗?那个我间或见到的男人?"

"当然记得。那人就是他?"

我点点头。

她用自己大胆的都市人的目光直视着他。

这件事发生在十二年前。当时我住在二十街的第一大道上,那是个两居室,墙壁刷得雪白,阳光从东面洒进来,窗外有棵树,一到春夏,满眼都是小鸟和绿荫。与我隔街相望的是史岱文森小镇,它是这个城市最古老的中产阶级住宅区之一。我居住的这一侧,是爱尔兰人与意大利人的寓所,这里的人在同一间公寓里出生、成长,也在同一间公寓婚嫁、组建自己的家庭。第一大道上繁华的喧嚣与动静将我们紧密联结在一起。第一次造访时,我的姨妈萨拉探出窗外,吸着烟尘说道:"我就喜欢这样。繁忙、繁忙!"我也有同感。我深深地爱着第一大道。我不仅爱它,而且住在这里,我感到安全。人们整天坐在窗台上观察自己的邻居。店主们记得每一张从橱窗前经过的或陌生或熟悉的面孔。这道算术题很简单:你放弃了隐姓埋名的机会,但收获了保护。

六月一个礼拜六的早晨,我跑到一个街区开外的超市买牛奶。街道在晨光下闪闪发光。空气甜美,芬芳,飘浮着花粉。从超市回家的路上,我的过敏性"花粉病"突然发作。我不停地打着喷嚏,身体动弹不得,只能无助地站在大街上,尽量控制自己,与体内突然发作的急症抗衡。待急症接近尾声,我能感觉到自己只剩一个喷嚏,于是我仰起头,期待着解脱。

就在那一刻，我与一个在早晨的人群中朝我走来的男子目光相接：他身材苗条，拥有地中海式的深色皮肤，年过四十，穿一件白衬衫和一条黑裤子，手里拿着一个装着午餐的牛皮纸袋。一位服务生，我想，他正要去上班。最后一个喷嚏打了出来，我的脖子和肩膀随之挺直，我笑了，恰好与他四目相对。显然，我是在自嘲。这个动作没有任何其他的可能性。这个人却没有报之一笑。他的目光在我身上扫来扫去。他继续往前走，我也继续往前走。

我穿过马路，拐到我那栋小楼的廊下，正要把钥匙插进前厅的门锁，突然一只手落在了我的肩上。我回过头。那个白衣黑裤的男人站在那里，挡住了我的出口。他眼里满是怒火，嘴巴歪向一边，嘴唇气得发白，颈部青筋直跳。"你活腻了吗？"他对我说。

哦我的天哪，我想。

"什么意思？"我礼貌地问道。

"你刚才在那儿笑。活腻了，是吧？"

"哦，你误会了。"我硬着头皮嘟囔道，"我是在自嘲。我打喷嚏的毛病突然犯了。我刚才在笑，是因为喷嚏打得太厉害，都没法动弹了。我不是在笑你。你以为我是在笑你吗？哦不！"

我的话他一个字也没听进去。他依然面若冰霜地看着我。若说有什么变化,那就是眼里的怒火烧得更旺了。他看着我手里的钥匙。"你住在这里?"他问。他做了个向上的手势。"走吧,"他说,"上楼。"

"不,"我含糊地回答,"我不住在这里,我只是来做客的。"

"上楼吧,"他说,"来吧,上楼。"

恐惧中我鼓起勇气,张开双手,往他胸口用力一推。他失去了平衡,仰面栽倒在大街上。我丢下他,猛地冲进人群,跑了起来。先是跑到这个街区的尽头,然后跑到下一个街区,接着走进超市。我喘着粗气,站在收银台外面。我不知道该做什么,该去哪里,以及向谁诉说。没有一丝征兆,熟悉的一切就变成了噩梦。

我在超市里徘徊了三十分钟,然后走了出去。我低着头,朝我寓所的反方向快步前行,不知怎的,那盒牛奶已经不在我手里了。几个小时后,我筋疲力尽,回到了第一大道,顺利地冲进了家门。那天接下来的时间里,我一直没有离开公寓。

三年后,我在东十四街看到了那个穿白衬衫、黑裤子的男人。时值深秋。他穿着一件薄薄的皮夹克,胸口抱着一个牛皮纸袋。我立刻退到一扇门前,避开他的视线。他看上去跟三年前一模一样,但他走近后，我发觉他步履蹒跚，眼神焦灼。

过了四年，我又见到了他，这回是在西八街。他的头发白了许多，肤色发黄，下巴上长满白色胡楂。他走过我的身边，我从刚刚躲进去的门廊下走了出来。他看着我，目光穿过了我的身体。他的目光如我所料，僵滞而茫然。

五年后的今天，他在百老汇现身，头发是铁灰色的，眼神狂乱，脚步踉跄，双手在空中挥舞。衣服是在男子收容所领的，脸色很差，你简直想把他送进医院住上一个月，然后再讨论病情。

母亲好奇地看着我。"你当时为什么要怕他啊？"她问，"你一只手就能把他打翻。"

"妈，十二年前他可不是这副模样。相信我。"

她依旧盯着他的背影，而他在行人之中左冲右撞，趔趄着离开了百老汇大街。

"你们都老了，"她对我说，"你和让你害怕的人。"

那年我十四岁。一个暮春的夜晚，我推开内蒂的房门。厨房浸在紫色的昏暗中，柔和、饱满、浓郁。

房里没人：它沐浴在半明半暗的迷人光线里，但空无一人。我突然停下来。门没锁，家里一定有人。我走向里面的房间，在门口停住了。这里更暗。我让眼睛适应了一下，随后看见内蒂和牧师横躺在洒满佩斯利纹样的床上。她赤身裸体，他穿着衣服。他仰面平躺。她半卧在他身上。他身体僵硬，她的身体却溢了出来。我看见她在昏暗的光线里微笑。她像猫一样在他身上移动，也像猫一样密切关注他的反应，连咕噜时也是。她弓着背，抬高身体，又朝他伏去。她的乳房垂在他松弛的手里。我浑身一颤，如被电流贯穿。我能同时感知他俩。在我的身体里，我知道她的感受，也明白他的感觉。我是那对乳房，也是那双手。我是她的欢愉，也是他的痛苦。我打了个哆嗦。哆嗦变成了颤抖，颤抖变成了战栗。战栗让我突然触到身边的某个东西。我低头一看。是里奇，五岁的他被绑在椅子上，盯着床上的情景。我面朝他们，倒退着移向大门。

第二天一早，内蒂穿着一条印花睡衣，坐在餐桌旁缝补裙子，她低着头，自顾自地微笑。然后她抬起头，看着我，绿色的眼睛佯装天真。"你昨晚来过吗？"她问。这个早晨，我们都是她的手下败将。我平静地想：她讨厌男人。

是从什么时候开始的?她从什么时候开始在街头闲逛或坐在游艇公园?她第一次带牧师或公园里的男人回家是什么时候?长相酷似约瑟夫·斯大林的鸡肉店老板何时一早出现在门口?怀蒂——这个街区唯一的地痞无赖——初次登门又是什么时候?妈妈说,是在里克去世一年后。"她安分守己了一年,"她常说,"然后就开始沉湎淫逸。"

我是从什么时候开始明白的?我是如何反应的?我第一次了解她的这一面又是什么时候?在我们身处的这个世界,这一面在男人那里是性,可到了女人那里却成了什么?我们女人不是应该对它避之不及吗?

五月末的一天,放学后我和玛丽莲·肯纳到布朗克斯公园里踩单车。从初春到深秋,每天如此。我们走到两个街区开外的公园,就在动物园入口附近,然后开始骑行。有时我们骑得又快又猛,直抵布朗克斯公园东区,那里离家整整一个小时的车程。有时我们会骑去一些特别的地方,某个被我们占地为王的岩石堆或灌木丛。有时我们只是在公园里兜圈与闲聊。比起骑车，我们更热衷谈天，不过，我们脚不离车，依然舒适地运动着。踩在单车上，我们感到自由而勇敢：陌生土地上的聪慧探险家。我知道，街道是我的属地——街上有众人的交谈、大家的智慧，在街上我与别人势均力敌。公园呢？亨利·卢梭的画让我想起这个公园给我的感觉。在一片为再现纷繁而精心重塑的景观世界里，我瞥见了野性和原始，而我就在画中，那个脚踩单车的犹太小女孩，无法想象自己除了聊天还能做什么。

即便如此，我们还是会在春日的午后奋力骑车，我们掀起的气流与激荡恰如心中刚刚成形的微风和悸动，在光和速度的激发下，骑行成了一种非比寻常的刺激，既愉快，又可怕，令人一阵阵动魄惊心。

与动物园一街之隔的布朗克斯河筑起了堤坝，打造了一片小湖和一条瀑布。湖上有船，是从瀑布尽头的船坞租的，按小时计费。船坞相当华丽，位处湖泊边缘，坐落在环形水泥露台上。露台是公园管理处铺设的，边缘有几排半圆形长椅。每年春天，这些长椅都被重新漆成鲜绿色。从长椅上的某些角度看出去，湖面仿佛无边无际。这片湖泊我已来过不下一百次，我熟谙湖岸的每一道曲线，也知道它是多么狭窄，但每次我坐上长椅，都会幻想自己漂在水上，想象就在拐弯处,就在我们看不见的地方,湖面倏然延展,变成神秘的河道,流向我从没去过的地方。我以为每个坐在长椅上眺望水面的人都会怀有类似的想法,我以为长椅上坐满了梦想家,人们来到这里,就是为了做梦。

有一次,玛丽莲和我一路骑到了长椅那里。车程不长,但很复杂,那感觉就像骑了整整一天。我们会在短暂的午后时光安排这样的行程,以免对骑行时间产生错觉。你得取道瀑布的另一面,爬上高出河岸的崎岖高地,在茂密缠结的灌木丛中曲折前行,接着弯腰穿过树林,抄近路登上一座黑石山,山顶的路虽平坦却蜿蜒,然后急转下坡,往湖边骑去,穿过开阔的绿茵和高高的草丛,横冲直撞地奔向船坞,世界暴露在无云的天空下,双肺灌满疾风,那是一种你永远无法回过神来的兴奋,快要撞上水泥露台的那一刻,你用力踩下刹车。快乐。整个过程是纯粹的快乐。

五月的这个下午,我和玛丽莲骑车冲下草坪,正要刹车,我看见内蒂坐在最底层紧临湖面的长椅上,不远处坐着一个我从没见过的男人。他们似乎认识对方,又好像并不熟悉。那个男人在椅背上摊开双臂,两腿向前伸展,头戴一顶棕色毡帽,帽檐压得很低,嘴里叼着一根牙签。他没有将脸直接转向内蒂,而是稍稍侧对她的方向。内蒂的坐姿看上去同样奇特,她上半身正对湖面,下半身却扭向那个男人,这个坐姿令她修长的腰身更显修长。她穿着一条薄薄的夏裙,虽然现在正当春天。她的红发披在肩上,双腿裸露,脚踩一双高跟鞋,一条腿来回摆动,往前伸展时,鞋跟会从脚上耷拉下来。自行车还没停稳,我就知道他们一定说了些什么,毕竟他们以这样的姿势坐着——侧向对方,却不直面彼此。这个坐姿就是一种语言。我不理解其中的含义,但它狠狠地扑打着我眼里的阳光、我心中的愉快,还有从手臂与双腿上流过的电荷。

玛丽莲也发现了内蒂和那个男人。离长椅还有一段距离时,我们不约而同地停下了,这样内蒂就不会发现我们。我们骑在车座上,身体伏在车把上。有那么一会儿,我俩谁也没有开口,只是默默观察。

"她在勾引他。"玛丽莲轻轻地说。

"什么意思?"我问。

"那是个陌生男人,她在勾引他。"

"你是怎么知道的?"

"你看不出来吗?看他们的坐姿呀?而且,大家来这里,就是为了干这事。"

"你在开玩笑吧。你是怎么知道的?"

"每个人都知道。"

"你确定吗?"

"确定。"

所以,春夏之际,黄昏时分,那些坐在这里的人不是在想象视线之外的湖水流向了意想不到的地方,而是在和身边坐在长椅上的人定夺一场人类的冒险。我盯着玛丽莲,但我相信她的话。这些事,她比我了解。

事后我总是在想,那天下午里奇去了哪里?妈妈说,事实上大多数时候里奇都跟内蒂在一起,他赋予了她趣味性与正当性。更不消说她根本没有任何地方或任何人可以托付里奇。我好奇妈妈是怎么知道的,因为内蒂从没跟我们讨论过她去街上猎艳的事。我们只能从结果推演过程。我们看见,那间公寓有男人出没。有些人只来过一次,有些来了三四次,还有些人,一连几个礼拜或几个月都会登门。我觉得她没有收他们的钱,或许她会让他们送她礼物(一件冬衣,一袋食物,一次越洋旅行),但她追求的从来不是金钱。

她从别的地方把他们带回家:在附近的街区散步时,搭地铁往返市中心时。牧师来自市中心。她嫁给里克后,决心再也不进教堂,抚育里奇时也将他视作犹太小孩,但在孤寂中,她不断被此生最古早的安慰吸引。背弃教会这件事,她一直没有释怀,因此认为自己无权接近圣坛、屈膝跪拜或受领圣餐,但她到处搜寻各式教堂,只为坐在后排,在点着蜡烛的昏暗教堂里感受短暂的喘息,与此同时,里奇拨弄着她衣服上的纽扣,在她叹息、颤抖、洒泪的时候,被她起伏的胸脯迷住。

有一天,她在三十四街逛商场,路过金贝尔百货公司附近的一座教堂。她一冲动,就走了进去,溜入了一间忏悔室。牧师很年轻,必然轻易沦陷在她断断续续的低语、窃窃细诉的脆弱与和盘托出的孤独里,而这份孤独,是因为身边的犹太妇女不会对她报以同情,也不愿与她发展友谊,她们看不穿她多愁善感的内心,更不知道在这个她们有丈夫保护、受旁人尊重的世界上,她是多么寂寞。牧师劝她下次再来,再次卸下心中的重负。她的确去了,然后,又去了一次。接着,牧师说服自己,他要给有需要的教众做家访。

"她咬遍了他全身,"我母亲说,"他一连来了几个月。然后她变得非常疯狂,把他咬得浑身是伤。他们发现了那些伤痕,于是问他,你去哪儿了?他能怎么回答?他们把他关了起来,关在了修道院里。"

"那不是修道院,妈妈。"我说,"那是金贝尔百货公司附近的教堂。"

"管它叫什么呢。"她不耐烦地说。她不喜欢在讲故事的时候被我的纠正打断。

牧师的确一连来了好几个月,这事我记得。有次是傍晚过来的,有时两个礼拜来一次,不过,我看到他们躺在床上的那个春夜,也许就是她将他咬得遍体鳞伤的那次,因为自此之后,我再也没有见过那个牧师。

她口中一定充满铁腥味,一次又一次。我记得鸡肉店老板出现在门口的那个早晨。七点钟,走廊上传来一阵巨大的喧哗。妈妈拉开门,只见约斯夫·斯大林站在内蒂家门口,手里拎着一只脱了毛的肉鸡,内蒂穿着睡裙,手上也拎着一只鸡,她一边拿那只没毛的家禽砸他的脸,一边尖叫:"为一只鸡?你觉得我会为一只鸡跟你做爱?"

可每个人,包括妈妈在内,都觉得一切都是她自找的。大家认为她轻佻、挑逗、撩人。你要是追问具体细节,又很难得到答案。大家皱起眉头,眯上眼睛,撇着嘴,谁也没法准确形容她的特点。尽管如此,没人肯让步。有人会说,不在于她穿了什么,而在于她穿衣的方式。不在于她说了什么,而在于她说话的口吻。不在于她脸上的表情,而是她整张脸的样子。你明白我的意思吧？我说不清楚，但我知道自己是什么意思。我点点头，我也明白她们的意思。

我十岁起便发现，她在街上走路的样子让我很不舒服。她走起路来，跟附近的其他女人都不一样。一个女人，步伐也许轻快，也许慵懒，但无一例外，那是家庭主妇出门办事的步态；她的躯干长出双腿，目的只是有效的位移，她走路，不是为了感受自己的身体在移动，也不是为了让自己的动作得到认可或回应。可内蒂是这样的。内蒂的步伐缓慢而精心。她先扭动一侧的腰臀，然后扭动另一侧，由此让自己的臀部摇曳起来。每个人都知道，这个女人不是要去什么地方，她走路，就只是为了走路，为了感受自己在街上造成的影响。她的步伐凸显了衣衫下的肉体。它在说："这具身体让你渴望将它占为己有。"方圆一千英里内都找不到第二个她，男人和女人都渴望得到她。真可怕。我看得出来，她唤起了强烈的感情，可与这种感情紧密相连的，似乎是惩罚，而不是特权。大家看她的眼神——男人残暴，女人愤怒——让我害怕。我感觉她身处险境。在街上行走的内蒂成了我早年焦虑的一部分。

当然，她自己并不害怕。她迎接挑战，来者不拒。每一双落在她身上的眼睛都与她四目相接：瞪大的，天真的，讥讽的。性的邪火根植在她内心深处，仿佛是她的本质：原始，算计，顽固；内心愤懑；因迫切需要推搡不断变化的外部界限而变得不顾一切，这种需要源自她每天感觉自身与生活是多么糟糕。除了让别人渴望她，她不知道还能怎样让自己的心里好受一点。她知道，当她摇晃臀部，慢慢抬起眼睑，拿手慵懒地拂过红发，腹股沟就涌起了期许。她知道的。这是她全部所知。她觉得这给了她力量。她以为自己的无情就是力量。"你有情，我无意，"她摇曳的身体说道，"这会让你变弱，却能让我变强。"可她对自己的处境知之甚少。她毕竟只是一个来自乌克兰乡村的农民，领悟力有限。里奇比她更了解实际情况，我十七岁那年，里奇八岁，在一个炎热的夏夜，他向我展示了自己知道些什么。

时值八月末。深重而酷烈的暑热。路上和屋里的积热从未完全消散。你始终备受炎热的折磨，变化只在于程度的轻重。到了晚上，正午最严酷的溽热已有所缓解，窗户开着，一丝微风穿过木框纱窗吹了进来。昏暗的室内有了复苏的意味。我们开始从白天的袭击中恢复。

我坐在客厅的沙发上，恍惚而疲惫，想趁最后一个小时的天光再看会儿书。里奇坐在我身边，渴求我的关注。他是个漂亮的孩子,黑眼睛,黑头发,肤色明亮,白里透红,脸上挂着令人无法抗拒的微笑,嗓音跟他母亲相仿。他知道,在我家,他拥有的是权利,而不是义务。正因为知道这一点,他总在莽撞的边缘试探,虽然很少越过那条红线。然而,这天晚上,里奇想让我陪他玩。我推开他,目光没有离开书页。他不甘心我的拒绝。

"里奇,"我恼怒地喝道,目光还在书上,"现在不行。"

"行,"他说,"现在行。"

"不行!"

"行!"

我笑了,但决定继续看书。里奇爬上我的大腿,开始摆弄我裙子的前襟,那是一件又薄又短的白色吊带连衣裙,正面从领口至肚脐,被一条拉链贯穿。我漫不经心地拂开他的手,依然在看书。他搂住我的脖子,把张开的嘴唇压在我的颈上。我吓了一跳,真切地感觉到他贴在我身上的双唇。我严肃地推开他,可太晚了:他发现了我的犹疑。他紧紧抓住我,把身体压在我的胸口,仿佛现在他有权拥有我。他力气很大,比我大。我们开始厮打,仿佛我俩都是成人,或者都是孩子。突然,里奇做了一个不可思议的动作,他拉开了我裙子上的拉链，一只手伸进我的文胸，另一只伸进我的内裤。我还没来得及反应，他就用两根手指捻住了我的乳头，另一只手的中指同时移向我的腹股沟。我像火药桶似的蹿了起来：那是身体本能的瞬时抽搐。半秒钟后，我把他的手从我身上拉开，我抓住他的手腕，让他动弹不得。我惊讶地看着他的脸。他也看着我的脸。我能从他的脸上读出他在我脸上看到了什么。我还能看出他是怎么理解的。他的脸上洋溢着胜利、兴趣与兴奋。在兴奋之下，有一种不寻常的东西：一种伤心，一种沉重。我想起了五岁的里奇，那时他被绑在椅子上，盯着躺在洒满佩斯利纹样的床上的内蒂和牧师。他自那晚起逐渐通晓人事。他知道他母亲的生活不是在行使权力，而是在交换屈辱。现在他只是想试试自己知道的东西。

今天是阳光灿烂的一天：纽约在秋日明媚的阳光中格外耀眼，高楼在晴空万里的天空下轮廓分明，街头摆满了蔬菜水果堆就的金字塔，纸花瓶里的鲜花在人行道上画出一个个圆圈，报摊上的白纸黑字粒粒分明。莱辛顿大道尤其如此,它涌动着正午时分的迷人喧哗,凝聚了都市人的欲望与执迷。

我答应母亲晚点跟她一起散步,却独自一人早早来到市郊,我漫步街头,晒晒太阳,欣赏街道,置身无须聆听如母亲一般健谈的同伴不停发表见解的世界。在七十三街,我离开莱辛顿,前往惠特尼博物馆,想抓住最后的机会参观一些外来展品。快到博物馆时,我的目光被画廊橱窗里的几幅德国表现主义绘画作品所吸引。我进了画廊,转向离我最近的那面墙,扑面而来的是诺尔德[1]的两幅巨型水彩画,著名的鲜花。诺德尔画的鲜花我经常看,但此刻却像第一次见:我突然意识到,他所勾勒的那种热烈而浓郁的铺张画面是有意为之。我能看出诺尔德的构思是多么热烈,这些鲜花耗费了他极大的耐心,艺术家对他的绘画题材给予了清晰而固执的专注。这些我都看出来了。而且我觉得,正是专注赋予作品力量。我的内心世界开始延展。那个内部有光和空气、思绪在其中变得澄清、语言在其中蓬勃生长、反应在其中愈加敏捷的矩形,那个被孤独、焦虑、自怜包围的了不起的空间,在我参观诺德尔的鲜花时敞开了。

---

[1] 埃米尔·诺尔德(1867—1956),德国表现主义画家。

博物馆大厅有亚历山大·考尔德[1]的马戏团常驻展，我在一旁停下。跟往常一样，雕塑旁围了一大群人，考尔德用布料和铁丝表现的叹息、哭泣与胜利是如此精妙，人群对它报以欢笑和注目。我身边站着两个女人。我看了看她们的样子，然后移开了目光：来自中西部的中年金发女郎，蓝眼睛，入了迷。其中一人说："这就像第二个童年。"另一个人辛辣地回应："比任何人的第一个童年都好。"我吃了一惊，既高兴，又难为情。我想，你真是个傻瓜，听她说出这样的话，你居然愚蠢地惊讶起来。再一次，我感到内心的空间不期然地延展开来。

那个空间。它起始于我的额头正中，收束于我的鼠蹊之间。它变化多端，有时跟我的身体同宽，有时窄如堡垒的墙缝。有些日子里，思绪自由流淌，甚至更好——经过一番努力，思绪变得澄清，这个空间也随之大大拓宽。有些日子里，焦虑和自怜挤了进来，空间就会收缩，多么迅速！当空间宽阔、完全为我所有时，我能尝到空气的味道，体会阳光的触感。我的呼吸均匀而平缓。我既平静，又兴奋，不受干涉

---

[1] 亚历山大·考尔德（1898—1976），美国艺术家，发明了动态雕塑，代表作有《龙虾陷阱与鱼尾》。

和胁迫。没有什么能影响我。我是安全的。我是自由的。我在思考。当我输掉了思考的战役,边界就会收窄,空气遭到污染,密云遮蔽阳光。到处都是水汽,到处都是烟雾,令我难以呼吸。

今天很有希望,非常有希望。无论我走到哪里,无论我见到什么,无论我的双目与双耳接触什么,空间都在蔓延。我想思考。不,我的意思是,今天我是真的想好好思考。这种渴望用"专注"这个词宣告了自己的存在。

我去见我的母亲。我在飞奔。飞奔!我把心中迸发的光芒分一点给她,把自己生活里的巨大快乐匀一些给她。只因她是与我相识最久的亲密伙伴,而且在这一刻,我爱着每一个人,甚至连她也包括在内。

"哦,妈!我度过了多么美妙的一天!"我说。

"告诉我,"她说,"你这个月的房租有着落了吗?"

"妈,听着……"我说。

"你给《纽约时报》写的那篇评论,"她说,"他们一定会付稿费的吧?"

"妈,别说这些了。让我跟你聊聊我今天的感想。"我说。

"你为什么不穿得暖和点呢?"她喊道,"都快到冬天了。"

我体内的空间开始闪烁。四壁向内坍塌。我感到无法呼吸。慢慢吞咽,我告诉自己,慢慢地。我对母亲说:"你真会挑合适的时间说合适的话。真了不起,你的这种天分。简直叫我五体投地。"

但她没听明白。她不知道我是在讽刺她。她也不知道她让我备感挫败。她不知道我对她的焦虑感同身受,被她的沮丧彻底摧毁。她怎么可能知道呢?她甚至不知道我在那里。如果我告诉她:"你不知道我在那里,这对我来说就是毁灭。"她就会用她噙满困惑与悲伤的眼睛盯着我,这个七十七岁的小女孩,她会愤怒地喊道:"你不明白!你从来就没明白过!"

妈妈和内蒂吵了架,我进了城市学院。在情感记忆中,这两件事同等重要。两者都挑起了公开的争端,都让我与未知的自我产生了隔阂,也都彰显了反叛和好斗的性格。当然,内蒂和我母亲之间的冲突似乎是一个包围并征服的战略。这场战争并不连贯,充满愤怒和欺骗，目标混乱且总被否认，但它从未忽视敌人：一个女孩聪明的心灵，如果她没和一方结为同盟，双方就会一起输掉战争。城市学院似乎同样忙于围攻无知的头脑（如果不是聪明的心灵）。它本意虽好——只是前往应许之地的通行证，却是真正的侵略者。它对情感的伤害之大，妈妈和内蒂都无法想象。城市学院将我与她俩一起分开，它启发并滋养了我脑中不足为外人道的生活，这种生活逐渐变成一种背叛。我与亲朋一起生活，却不再是其中一员。

我想，城市学院的学生多半如此。我们依然搭乘地铁，依然在课间走在熟悉的道路上，依然每晚回家，跟高中的伙伴聊天，在自己的床上入睡。但是我们已经开始悄悄生活在一个存在于内心的世界，在那个世界里，我们读书、聊天、思考的方式将我们与父母、家里的生活、街头的生活都区隔开来。我们已经开蒙，已经知道暗藏的念头和表达的思想之间有何区别。这让我们成了家里的叛乱分子。

在我之前，已有成千上万人这样说过："在我们眼中，要么是城市学院，要么就一文不值。"我喜欢这话唤起的团结，但排斥其中暗含的排斥。在学院里，我和六个朋友一起，坐在地下的小餐馆聊天，一直聊到夜里十点或十一点。他们也从来不想回到布鲁克林或布朗克斯的家，我的教育就在这家小餐馆树立起来的。在这里我开始明白：福克纳是美国，狄更斯是政治，简·奥斯汀是文化理念；我来自贫民区；以及D.H.劳伦斯颇有远见。在这里，我对文学的热爱如期而至，对精神世界的惊奇也开始绽放。我发现，思想能改变一个人，而智性的交谈极富情欲。

我们从未停止交谈。这也许是因为我们没多少别的事可做（受限于对性的恐惧及工人阶级的经济状况，我们不去剧院，也不上床）。不过，我们之所以总在聊天，当然也是由于我们大多自六岁起就一直在压抑的沉默中阅读，而城市学院成了我们最大的释放。城市学院以智慧著称的声誉并非来自教员，而是来自学生，来自我们。倒不是说我们智力超群——我们的确不是天才，而是我们如饥似渴的能量给这个地方注入了活力。智性生活的理念在我们心中燃烧。我们追求思想时，会更加了解自我，也感到为他人所了解。世界有了意义，我们的脚下有了立足之地，在宇宙中也有了栖身之所。城市学院让我意识到，内心自洽是最重要的。

我想，我母亲对我和城市学院的态度很快变得矛盾起来，尽管她曾希望我去上学——这一点毫无疑问，尽管她曾在我下定决心时激动不已（她孀居的第一年就开始教导我,在中学选择学术课程,而非商务课程),尽管她甚至在家人提出异议时严阵以待。

"哪个文件上写了工人阶级寡妇的女儿要上大学?"高三那年,一个礼拜六的上午,我的一位舅舅一边在餐桌旁喝咖啡,一边这样对她说道。

"写在这里,"她一边拿中指用力敲击桌面,一边回答,"就写在这里。这个女孩要上大学。"

"为什么?"他追问。

"因为我说了要这样。"

"可为什么呢?你觉得这么做有什么好处?"

"我不知道。我只知道她很聪明,她应该接受教育,而且她会接受教育的。这是美国。女孩不是地里的母牛,只等着跟公牛配种。"我盯着她。这话从何说起?我父亲刚走五年,她一直在守寡。

那一刻充满了冲突与虚张声势。她知道自己说了什么,但她不是这个意思。她甚至不知道自己所说的"教育"究竟是什么。在我的毕业典礼上,她发现我不是老师,她的样子像是受到了蒙骗。在她的心里,一个女孩从一扇写着大学的门进去,就会从另一扇写着老师的门出来。

"你说你不是老师?"她瞪着眼睛问我,一双有力的手将我的毕业证书按在厨房的桌子上。

"对。"我说。

"那这些年你在那里都干了什么?"她静静地问道。

"看小说。"我答。

她默默惊叹于我的恬不知耻。

不过,问题其实不在于我能用这张文凭做什么,或是做不了什么。我们都是知道如何维生的人,她从不怀疑我能找到生计。不,将她从我身边赶走、与我分道扬镳的,是我的思考。她以前不明白,上学意味着我会开始思考:条理清楚,还会大声说出来。她惊呆了。刚上了一个月的课,我说话时的句子就变长了。变长了,变复杂了,里面的单词她不一定能认全。之前我从没用过任何她不知道的单词,也没造过任何她不解其中逻辑的句子,更没尝试发表任何由抽象概念生发的观念。这把她逼疯了。当我开始说一个不少于三个从句的句子时,她的脸上浮现出野兽般的狡猾。狡猾引发了气愤,气愤发展成盛怒。"你在说什么?"她对我吼道,"你在说什么?请说英语!这个家里的人都懂英语。说英语!"

她的反应让我目瞪口呆。我不理解。我能表达她不明白的东西,她难道不为此高兴吗?这不就是意义所在吗?我是先锋。我将带领她走向新世界。她要做的只是爱上我即将变成的那个样子，然而她拒绝如此。我使用新语言，她就会冲我发火，仿佛我在餐桌上干出了卑鄙的勾当。

她自然也跟我一样困惑。她不知道自己为什么生气，要是有人告诉她，她在生气，她也会否认，她会找到办法说服自己和任何好奇的听众：我能上学，她为此自豪，可为什么我非要这样显摆？上学难道就是为了显摆？现在，就拿保险经纪路易斯先生来说，他无疑是一个有文化的人，早在1929年就拿到了城市学院的学位。1929年呀，请注意！他从不会让你觉得自己很蠢，总是使用简单的句式，但你会反复回味他说过的话。有文化的人就应该这样说话。而这个还在流鼻涕的小孩走进厨房，一开口就是那些假大空的词汇和让你摸不着头脑的句子……

当时我十七岁，她五十岁。我尚未成为一个合格的交战敌手，但已是一个不错的竞技对象，而她，自然在比赛中处于巅峰状态。序幕已经拉开，我们没有让对方失望。我们都会一再起身迎接对方抛下的诱饵。我们掀起的风暴摇撼着这个公寓：墙上的油漆斑驳脱落，地上的油毡出现裂缝，玻璃在窗框里簌簌发抖。我们的手几乎从未放过对方，不止一次，我们差点毁灭。

一个礼拜六的下午，她躺在沙发上。我坐在旁边的椅子上看书。她随口问道："你在看什么？"我随口答道："过去三百年的爱情观比较史。"她端详了我一会儿。"这太荒唐了，"她说，"爱就是爱，无论在哪里，无论在什么时代，都是一个样。有什么好比较的？""显然不是这样，"我反驳道，"你不知道自己在说什么。它只是一种想法，妈。这就是爱的全部——只是一种想法。你觉得它源于一种神秘而永恒的存在，但它不是这样的。事实上，根本就没有什么神秘而永恒的存在……"她的双腿突然离开了沙发，速度极快，我都没有看清她是怎么着地的。她攥起拳头，紧闭双眼，大声吼道："我要杀了你——噫——噫！我怀里的毒蛇，我要杀了你。你怎么敢这么跟我说话？"接着她朝我走来。她又矮又胖，我也是，但我比她年轻三十岁。她的手臂还没碰到我，我就飞快地跳下椅子，跑了起来，我横穿公寓，冲进浴室——这个家里唯一能上锁的空间。浴室门的上半部分是一块磨砂玻璃。我刚锁上门，她就冲了过来，并且没能刹住。她的拳头穿过玻璃砸向我。鲜血、尖叫、门内门外碎了一地的玻璃。那个下午我在想，我们当中必有一人会死于这种依恋。

激化我们的对抗、刺激我们的痛苦、加剧我们的困惑的，是性。我和男孩子们，我和少女时代，我和我对性的态度。保护我的贞操是她的当务之急。每个我带进家门的男孩都让我母亲焦虑不已。她不由自主地在脑中想象着那个无法避免的时刻，到时他一定会威胁到她的切身利益。不过她知道，危险主要来自我，而不是他们。尽管她对爱情极度执着，并且坚信我这一代的女性跟她们那一代一样，若在婚前失贞，下场会很悲惨，但她心里清楚，某根在她心中从未放松的弦，已在我心中松动，在这件事情上，我跟她并非盟友。我要是半夜满脸通红、衣衫不整、心情愉快地回到家里，她会守在门口（一听到钥匙在锁眼里转动的声音，她就会跳下床）。她用拇指和中指钳住我的上臂，问道："他做了什么？在哪里做的？"仿佛在拷问一个叛徒。

有一次，她确信我跟约会的男孩上了床，于是死死掐住我的手臂，直到我疼得睁不开眼睛。"你尝过他了，是不是？"她问，声音低沉，充满指责和挫败。那是她提及交媾时最爱用的委婉语。"你尝过他了，是不是？"这句话总让我震惊。我感到它遍布我的神经末梢。关于镇压的闹剧，出于被动的怨恨，源自丧失权力的愤怒，这一切都塞进了那句话里，我第一次听到时便明白了。她说这话时,我们面对面站着,中间隔着一个未经界定但明确无误的无人区。

内蒂惊讶地听着我们的对话,显然很开心,她坚信每一次严重争吵都会让我与她更加亲近。那一年,她明显开始与我母亲争夺我的拥戴。她渴望变成对我影响最大的人。她关于男人和女人、生活和市场、教育和良配的知识,能让我从布朗克斯的工人阶级变成布朗克斯的中产阶级。这个街区的每一位母亲都知道,这就是她们的目标。塞尔玛·伯科维茨整了鼻子——这是大家第一次听说这种手术,因为伯科维茨一家打算搬去中央广场,给她找个"医生当丈夫"。内蒂觉得,在这方面她能为我筹谋得比其他女人更加周详。我母亲?她是安娜·卡列尼娜。至于如何将现实生活操纵得宜,令一个女孩获得最高竞价,她知道些什么?一无所知,完全一无所知。

内蒂把我脸上的头发拨开,退开一步审视我的模样。"你的五官里,数眼睛最出挑,"她说,"留长发吧,这样大家能一眼瞧见你的眼睛。"她抚平我裙子的后摆和上衣的肩部。"你的身材很性感,"她说,"穿简单的衣服就行,别穿有荷叶边的。"她若有所思地眯起眼睛,然后又想出了一条关于我穿衣打扮的最佳建议。她在一个框住的空间里打扮一件物品。她说，这就是女性在这个世界上的生存方式。她打扮并呈现自己，她想从生活中得到的东西就取决于她的打扮。内蒂想让我记住她的打扮，这样我就能在这个基础上有所改进。她希望我效仿并超越她。

她知道，教我引诱男人，本就自带危险，但是危险不属于她的责任范畴。她的范畴是尽我俩所能，让我迎接最美好的生活。不消说，我要是成了这个街区最受欢迎的女人，就要冒着被强暴与怀孕的风险。但这就是游戏规则，不是吗？女孩必须头脑清醒。知道如何以最少的付出谋求最大的收获，这是我在吃奶时就应该学会的本领。我的贞操并不重要。迟早我会跟某人上床，不管她和其他人怎么说。当然，问题是怀孕。那就惹上大麻烦了。自然，我不用别人教我如何避孕，不是吗？我是个聪明的女孩，一个女大学生。瞧，我果然有能力自行规避这种风险。

不过，这些努力都白费了。我沉迷于我俩这些"塑造女人"的密会。内蒂讨论男人的方式（她的蔑视是如此有教养）让人兴奋，我喜欢看她意气风发的样子，但我没法专注于手头的任务，而且它最终的目标依然非常抽象。我想像她那样穿衣打扮，但这个欲望不够强烈。跟她在一起的时候，我会被服装的魅力所吸引，可离开后，我又会陷入自己漫不经心的穿衣习惯,我记不起一件衣服该与哪件相配,记不起该怎样把它们搭在一起。我当然也记不起自己的穿着与举止是一种交易工具,一种为未来谋利的门路,一种达成那个形象的重要手段,而那个形象,能助我吸引那个男人——他会尽量为我提供我所渴望的生活与世界。

我并不怀疑这种诱惑的必要性:我有什么资格去怀疑周围所有人都认同的东西?难道我母亲不是每吸一口气就会说一句"没了男人就没法生活"?难道内蒂不是在告诉我"男人都是垃圾,但你必须有一个"?其中包含的信息无须解释,三岁小儿都能复述:"你要是找不到丈夫,你就是蠢货。你要是找到了,但又将他失去,你就是无能。"我知道的,不光是知道,这还是颠扑不破的真理。可我没法将它放在心上。我就像十九世纪小说里的摩登女孩:好的,好的,但不是现在。

现在,我感兴趣的只有两样东西:一是在学校交流书籍和想法,二是和保罗、拉尔夫或马蒂在走廊上、公园的长椅上或汽车的后座上亲热。作为一个追求直接经验的生物,我没法被看不见、摸不着的未来许给我的好处所胁迫。但话又说回来,我们之中又有谁接受了胁迫?我们都是追求直接经验的生物,没有谁愿意延迟满足。内蒂说，她敦促我打扮自己是为我好，但其实她本身也迷上了每天的魅力训练。母亲说，我需要通过爱情来体验高级的生活，但事实上，她所抵达的最高级的生活就是悼念失去的爱情。我们都在放纵自己。内蒂渴望勾引，妈妈渴望受苦，而我渴望读书。我们都不知道需要怎样约束自己，才能过上理想而正常的女性生活。事实上，我们终其一生，谁也没能过上这样的生活。

然而，实现这种生活的念头从未动摇，而且日复一日，月复一月，它让我们每个人都在冲突里越陷越深。显然，我们越不确定，就越自以为是。我们都希望自己与众不同，注定拥有美好的结局。我们内心分裂，彼此间再也无法共情。我们每个人都暗中在别人身上发掘不受欢迎的特质，并把自己与这些特质区隔开来，仿佛区隔就意味着获救。"感谢上帝，幸好我不是这样的。"每个人都会这样暗自思索，至少每天一次。但评头论足并不会带来改善。我们既不能清除自己的幻想，也不能扑灭自己的怒火。表面上我们完好如初，私底下却在默默积怨。正是这种积怨让我们彻底毁灭。内蒂和妈妈的争吵一经爆发，便以燎原之势迅速蔓延。它从地热中释放出来，烧得那么烫又那么快，只几秒钟的时间，就让大地变成了焦土：这方土地从此寸草不生。

我不记得是从什么时候开始,每个女人谈及另一个女人时,语气就会陡然一变,但我记得,有一天我母亲说:"她不过是成天在街上扭屁股,她为什么不去上班?她那种做派,是所有女性的耻辱。"我从餐桌上抬起头来。(当时我在写作业,她在熨衣服)类似的话她从前也常说,不过,以前她的声音里会带着泄露感情的恼怒,所以听起来没那么严厉。现在,她的语气跟这番说辞一样,只剩严厉。

"的确,她不工作,"我平静地说,"可那又怎样?你反对她靠救济金生活?"

"我反对的不是救济金,而是她跟男人相处的方式。我觉得恶心。"

"是吗?大多数女人羡慕她跟男人的相处方式。她们希望自己也能如此擅长与男人相处。"

"我宁可死,也不愿那样。"我母亲说。这些话脱口而出,掷地有声。

"认真的?"我喃喃道,"死?"

她从熨衣板上抬起头来,转过脸与我对视,声音略有些颤抖,轻蔑地说道:"你还是个孩子,对于生活你一无所知,一无所知。"

我突然感到不安。我们在谈论什么?我的意思是，我们谈论的到底是什么？她一直在压抑对内蒂评头论足的冲动。现在某种不顾一切的冲动让她把克制抛在脑后。为什么？是什么让她如此愤怒？午后厨房里的光线一向和煦，此刻似乎明显暗了下来，变得微弱而黯淡。空气中弥漫着某种微妙的威胁。我打了个寒战，心情焦虑。忧伤压在我的心头。

正是在那段时间里，有一天我和内蒂在试穿她从衣柜后面取出的几件旧裙子。她给我穿上一件紧身针织裙，我们瞬间发现，我的身体变得女人味十足。内蒂欣喜若狂，双手合拢。"哦，"她赞叹道，"你看起来美极了。"然后她像淘气的孩子似的咯咯直笑："你要是穿这条裙子上街，你母亲一定会气出心脏病。"我也笑了，但在笑声中，我突然明白了什么。是的，我想，母亲讨厌看我穿成这样，她会认为这是一种背叛。

"她会说，你看上去像个狐狸精，"她说，"她会说，你看上去跟我一样。"我猛地转头看她。

"她从没说过你像狐狸精。"

"也许没说过，但她心里是这么想的。"

"为什么这么说？"

"哦，得了吧。"

"你错了，"我说，"她爱你。她担心你。"

"就跟担心你一样吗:掐着你,一直掐到你眼冒金星?'他做了什么?在哪里做的?'"

我红了脸,感觉自己背叛了母亲。

"她就是嫉妒,"内蒂激动地说,"她浑身干枯地躺在沙发上,五年没被男人的手碰过。你知道他们是怎么说的吗,知道吗?你不用它,就会失去它。这就是你母亲。她希望我也失去它,也希望你失去。"

让我吃惊的不是这番话,我之前就听过这话,或是类似的话。让我吃惊的是内蒂声音里的怨恨:出人意料,且未受刺激。焦虑再次飘进了房间,我又感觉自己受到了威胁。某种悲伤而无望的东西在空气中翻腾。这悲伤而无望的东西麻醉了我。我感到体内的能量被慢慢抽空。

深秋一个礼拜天的下午,我们三人待在厨房。内蒂在给我梳新发型,妈妈难得有心情烹饪,在做土豆馅饼。我们之间的气氛很轻松。萨拉顺路过来坐了一个小时,跟往常一样,她带来了一些从街头听来的精彩八卦。今天她一进门就说:"唉,肯纳太太每时每刻都在变得更加疯狂。我刚才遇到她了。你们一定不敢相信她跟我说了什么。"

妈妈用一个疑问提供了过渡:"她说了什么?"

"她说她的阴毛着火了,因为楼下的男人在散发辐射。"

"什——么?"我们齐声问道。

内蒂笑得太厉害,我不得不把她拉回长椅。

"我的天哪,我的天啊,"妈妈用一只手捂住脸,摇着头说,"他们很快就得把她关起来了。"

"她真的说阴毛了吗?"我问。萨拉点点头。"还有辐射?她说了辐射?"萨拉又点点头。"看吧?"我很得意,"我跟你们说过,她是个非常聪明的女人。"

几个小时过去了,我们还在思索肯纳太太的事。妈妈提着煎饼的边缘,把它从嗞嗞作响的热油里捞起来,看了看底面,然后说:"那个女人不应该待在家里。她应该出去工作。"

内蒂在我身边僵住了,我心中也警铃大作。这些话可能是个前奏,随之而来的会是妈妈经常发表的那种含沙射影的批判。她会滔滔不绝地说起上班的好处,看似讨论别人,实则意在内蒂。

"她怎么可能去上班,妈妈?"我问,"她什么都做不了。"

"她做得了,她做得了。只要想做,人人都能做成。"

"做成能拿报酬的事?肯纳先生说,就冲把她养在家里这一点,他就该拿到报酬,"我无来由地得出了一条关于婚姻的至理名言,"想想看,他挣钱就是为了这个。他挣钱,除了为了把她养在家里,还为了什么呢?"

内蒂笑了一声。她还不确定自己在这次交谈里该持什么立场。

"非常聪明,非常聪明,"我母亲阴阳怪气地抱怨道,"要是她愿意工作,他就不需要把她养在家里了。她就不会发疯,她就可以跟他说:去死吧。我聪明的女儿,你有没有想过?她之所以疯了,就是因为她没法叫他去死。我发现,当一个女人没法叫一个男人去死的时候,她通常已经疯了。"

内蒂这会儿看着自己的指甲,自顾自地微笑着。妈妈突然把目光从煎饼上移开了。她看到了内蒂的笑容。

"你以为你能叫他们去死,是吧?"她轻轻地说。

内蒂和我迅速地交换了一个眼神,妈妈看穿了我们的同盟,觉得受到了排斥。

"你觉得自己是个大人物,因为你不用上班,是不是?"她吼道,"是不是?好吧,让我告诉你。你知道外面那些人是怎么说你的吗?"

"妈!"

我母亲脸色煞白,嘴唇紧闭,颈动脉噗噗直跳,她在努力控制自己。太迟了。内蒂也白了脸,她从长椅上站起来。

"外面那些人是怎么说我的?"她问,声音里带着危险的笑意。

"他们说……"

"妈!别说了!别说了!"

内蒂走到厨房门口,我跟在她身后,妈妈跟在我俩身后。内蒂退到门厅,我也是,妈妈站在我俩之间。她将手指搭在内蒂的胳膊上,做出和解的姿态。内蒂从胳膊上拂去妈妈的手指,另一只手放在门把上,狡黠地低语道:"你知道他一直很喜欢我。"

我们站在原地,像是过了一百年之久,我们三人,全都聚在小小的门厅。谁也没有移动。我张大了嘴巴,并且一直没有合上。内蒂的手还放在门把上。妈妈的手指触摸着空气。那天下午的阳光充斥着威胁和焦虑,它透过远处的厨房窗户,照在了我们身上。

她跟我父亲上过床,我想。强烈的刺激席卷了我的身体。

"你这个婊子,"我母亲小声说,"你这个臭婊子。从这个屋里滚出去。"

内蒂摔门而出,妈妈跑进公寓。她扑倒在沙发上,痛哭流涕。我在怜悯与迷恋之间摇摆不定,她在那里躺了多久,我就看了多久。她一连哭了好几个小时。

几个月后的一天晚上,我六点钟从学校回到家,正要把钥匙插进锁眼,内蒂的门开了。"进来。"她恳求道。我手里拿着钥匙,站在那里看着她。我能听见母亲在大门背后来回走动的声响。"求你了,"内蒂再次低语,"就一会儿。她不会知道的。"由于苦苦哀求,她的面孔变得扭曲。钥匙离锁仅半寸远。我忘了自己在想什么,但记得当时的感觉:我若是进去找她,就是背叛了妈妈;我若是没有进去,就是放弃了性。最终我走了进去。

我那时太过年轻,我不知道背叛妈妈并不能保证我不会放弃性。

"你为什么不能找个好男人,跟他开开心心地过日子?"我母亲说,"一个单纯善良的人。不是知识分子或哲学家。"我们刚在林肯中心听完一场午间音乐会,现在走在第九大道上。她在空气里摊开手心,"你为什么总是挑选倒霉蛋?告诉我。你这么做,是为了让我不好受吗?到底怎么回事?"

"看在上帝的分上,妈妈,"我有气无力地说,"我并没有'挑选'男人。"我站在那里,我就是站在那里。事情发生了,吸引产生了,于是你采取行动。有时,在你内心深处,有那么一瞬间,你会思考:这是认真的吗?这个男人会不会成为我的密友?我的伴侣?但大多时候你只是把这个想法搁置一旁,因为这就是我们的生活,妈。风流韵事。插曲。顺其自然的激情。甚至结婚,也是如此。

她知道我是站在失败者的立场上在说这番话,所以立刻接过话头。

"可一个酒鬼?"她说。

"一个前酒鬼,妈。"

"酒鬼,前酒鬼,有什么区别?"

"妈!他整整四年没喝过酒了。"

"他也整整两个礼拜没打电话给你了。"

玛丽莲·肯纳也说过这样的话。玛丽莲(她一直没结婚),现年四十六岁,住在上西区,是一名律师,如今依然是我的生活里的校正者。每当我想得到布朗克斯标杆人物的严厉评判,而不是心理治疗文化轻飘飘的慰藉时,我就会给玛丽莲打电话。玛丽莲的词汇里没有委婉语。准备迎来一番当头一棒似的分析吧,否则就别给玛丽莲打电话。但我为最近的这份狂喜给她打了电话,她也是这么说的:"一个前酒鬼?听上去不大乐观。"

"但是,玛丽莲,"我反驳道,"恰恰相反。他经历过。他曾像女人一样无力。他有智慧。相信我。这个男人格外坦诚。我们的友情很奇妙。他的每句话,每个手势,每项举动都在对我说,'在这件事上,我跟你一样容易受伤。我能敏感地捕捉到你的恐惧与不安,就像对自己的情绪一样敏感。'"

"可他对自己的情绪并不敏感,"玛丽莲说,"他在酒精里泡了十五年。"

"他现在不这样了,"我说,"老天哪,在布朗克斯没人有改悔的机会,是不是?"

"这不是重点,"玛丽莲说,"重点是,如果你来自布朗克斯,你就不会忽视证据。忽视的后果你承担不起。"

现在,证据显然对我十分不利。我和这个男人在一场记者招待会上相遇。欲望之火迅速点燃,之后的幸福让我俩都大吃一惊。我们在一起度过了一个月。现在我们分开了,我回到了纽约,他去中西部完成一项任务。我们的原计划是六个礼拜后在纽约见面。同时,我抵家后的第二天,他应该给我打电话。现在两个礼拜过去了:没有电话打来。他还在路上。我没法联系上他。这两个礼拜我一直极度痛苦。这是我每天早上醒来后的第一个念头,也是我睡前思索的最后一件事。我睡不安稳,经常半夜醒来,心里还惦记着这事,痛苦如此蚀骨铭心。至此我已经不是多丽丝·莱辛故事里的角色,而是成了故事本身。这个世界是一个被痴迷填满的方框,我在其中穿行,心境凄凉,目光呆滞,身为现代女性,注定会知道:爱情会反复上演,虽规模越来越小,但狂热、病态、激烈与拒绝永远与之相伴。

这段日子里,我们出门散步时,城市会为我们呈现一出街头版的内心大戏。我们身处意大利集市区。周围的人都在忙着运送一箱箱肉、蔬菜和杂货。但在纽约,没有什么东西是孤立的,人们的生活同样被运送到了大街上。没关门的电话亭里有个男人,他一边疯狂踢打墙壁,一边对听筒大喊:"我告诉过你,我要过来!我难道没跟你说过我要来吗?你为什么一直问我来不来?"街角有三个女中学生,她们化了浓妆,穿着涤纶材质的潮流服饰,紧紧聚在一起。我们从旁边经过时,听见其中一人对另两个人说:"我跟他说,托尼,你对我太凶了,我不喜欢男人对我这么凶。"

我和母亲都仔细听了她们的对话。我们沉默地走过两个街区。然后她斜着眼睛对我说:"你知道俄罗斯人会怎么说。"不,我告诉她,我不知道俄罗斯人会怎么说。她先是说了一句俄语,然后翻译成英文:"你要是想乘雪橇,就得做好拉雪橇的准备。"我俩都大笑起来。回到家时,我觉得自己得到了净化。

我到家时电话在响。是玛丽莲。

"他给你打电话了吗?"

"没打。"

"那么……"她开始了。

"我给他写了一封信。"我说。

"一封信?干吗的?"

"为了打破被动的局面。这是一方面。那种无望的等待太难受了。另外,我想让他知道我对这一切的看法。不得不说,我写得太棒了。"

"是吗?"玛丽莲警觉地问道。

"是的,"我说,我选择忽略她声音里的戒备,"想听上一小段吗?我记得全部内容。"

"当然。"

"唔,我从这里起笔:他的感情在现实世界里连十分钟也没能维持,虽然这让我痛苦,但我可以理解,也能够承受。我无法理解的是,为什么他让我们陷入了一种老套的悲情男女关系,为什么把我变成了一个等待永远不会打来的电话的女人,而他自己成了必须逃避正在苦等电话的女人的男人。我说,我以为即便成了恋人,我们也还是朋友,也都依然希望成为文明、可靠的人。"

"说得好,"玛丽莲谨慎地说,"说得非常好。"

"精彩的部分来了。我问他为什么竟没设身处地地为我想一想,想象一下我可能承受的痛苦和忧虑,为什么连勉强拿起电话,说一声'听着,我不愿再这样了'都不愿意。这才是让我感到不快,甚至害怕的原因。现在听听这段。我写道:'曾经无比亲密的两个人,竟再也无法与对方感同身受。我觉得这就像一场自然灾难。它让我满心恐惧,也无比惊讶。此时整个世界仿佛成了荒蛮之地,完全没有得到温柔呵护的希望。'是不是很精彩?"

沉默。长久的、出人意料的沉默。然后玛丽莲叹了一口气。"你还是跟你母亲一模一样。"她说。

"什么?"我叫了起来,"你什么意思?"

"你总是挑选这种边缘人物,将他们理想化。在他们不识相的时候,你简直不敢相信。你惊呆了,他们竟敢这样对你。他们难道不知道,应该是你离开他们,而不是他们离开你?接着你就开始居高临下。"

"所以,这怎么就像我母亲了?"

"你母亲将自己的婚姻彻底理想化,当它离她而去的时候……你自己可以填空。"

我哥哥毕业后从家里搬了出去。内蒂再也没有踏过我家的门槛。公寓里只剩我俩——我和妈妈,我早就知道会这样。她躺在沙发上发呆。我骑在窗台上。她的目光呆滞、安静、不满。她不愿被唤醒。我坐在房间里,跟她诉说心中的种种想法,可什么也没发生,什么也没有。就像我根本不曾说过。她的拒绝强劲有力。它将我催眠,让我变得配合与顺从。

我的母亲因为没能从生活中收获自己想要的、需要的,以及自认为应得的东西,于是将自己藏身于愁云之下。在这片阴云底下,她感到脆弱无助,值得被人同情。当她听说自己无尽的忧伤让那些被迫旁观的人难以忍受时,她很惊讶。她的嘴巴和眼睛流露出一丝受伤的愤怒,她说:"我也没办法。这就是我的感觉,我只能跟着感觉走。"她暗中将自己的沮丧状态当成了心思细腻、情感深沉、精神完备的标志。她没法接受这个念头:她的行为会给他人造成负面影响。她对这种想法也很是陌生:互惠交换需要达到一定的水平,任何人都无权低于这个水平。她不明白自己执着的忧愁其实是一种指责、一种评判。"你?"每一声不满的叹息都是在说,"你不是合适的人选。你没法提供安慰、愉悦和改善。但你是我最亲爱的人。你的任务是理解,你的命运是每天带着这种认知生活下去:你不足以治愈我生命中的匮乏。"

在如此强大的意志面前,我彻底丧失了自我。当然,关窍就在于,她没法被收买。她什么都不想要,而我什么都想要,给我什么都行。我怒不可遏,冲她咆哮("阳光明媚!待在家里是一种罪过"),但在内心深处,我逐渐麻木迟钝,变得懒散愚蠢。

我们窗外安着老式护栏,这种护栏由铁条制成,顶部弯成弧形,形成一个个朝向街道的圆圈。护栏像气球一样鼓在外面,起到模拟阳台的作用。我们住进来的时候,护栏已经存在,我们搬走后,它依然在那里。但我当时没有足够的历史意识,从没想过从这个角度看待这件事。我很困惑:既然我和哥哥都不是小孩子了,为什么不把护栏拆下来?我从没意识到,它们依然能为我派上用场。

到了周末,我会一连几个小时,背对房间,骑在客厅的窗台上,深深地陷在护栏内侧的圆弧里,我母亲则躺在我身后的沙发上。正如夜深人静时我会坐上客厅另一端的窗台,把腿搭在安全梯上。这两种骑窗而坐的姿势只有一个重要的区别。夜里我坐在安全梯上尽情幻想外面的世界。白天我靠在围栏上,成了塔里的公主,我是向往楼下街道的囚犯,街道却似乎遥不可及。我凝视着自己认识的人(玩耍的孩童、欢笑的朋友、散步的情侣),仿佛是在无比遥远的地方凝视一种陌生且永远无法企及的生活。我挂在窗外的那几个钟头里,到户外参与一场普通的交谈对我来说,几乎不可思议。也就是说,无法想象。

想象从来很成问题。小时候,我心里便有了对事物的感觉:深刻、狭隘、强烈。街上的砂砾,药店里粉笔白的空气,书店木地板的纹理,杂货店冰箱里的奶酪块。我把一切都看得那么确凿,那么真切。我没有想象力。我对事物的外观与感觉给予了近乎愚蠢的关注,我在内心深处专注地凝视着世界的原型。这些街道就是所有的街道,这些建筑就是全部的建筑,这些男男女女就是世上一切的男男女女。除了眼前的东西,我什么也无法想象。

那个孩子对情感的直白理解仍在影响我，仿佛神经系统遭到了电击，想象就此停工。我能强烈地感受，但我没法想象。马路的花岗岩灰、杂货店的美国奶酪黄，还有建筑上忧郁的棕色，它们依然存在，只是现在，我会以同等的专注去用心观察那个躺在沙发上的女人、那个挂在窗外的女孩，还有那种把我们封印在一起的幽闭，这种专注总是把可能性与不确定性一起排除在外。过了很多年我才知道，那种异乎寻常的专注，那种拒绝一切的执着，也被称作抑郁。

我盯着窗外，仿佛盯着一幅神奇的画卷，空气中粗粝的虚无像重物一样悬在我的身后，把我俩一起拉向曾经存在或本可能存在的所有岁月的谷底。我和我的母亲，我们成了因失去而受限，因疲惫而焦躁、在遗憾和愤怒中紧密相连的所有女性。广岛事件后，人们发现了一些穿印花和服的罹难者遗体。炸弹融化了他们身上的布料，但和服的纹样蚀进了他们的皮肤。后来我觉得，那段跟母亲待在一起的日子里，我深沉而无力的被动已变成烙印在我皮肤上的纹样，而我自己的经历成了融掉的布料。

我十九岁离家，之后便一直往外跑，直到二十四岁那年在客厅以一场喧闹的宗教典礼宣告结婚。我丈夫个头不高（跟我一般身材），金发碧眼（用我母亲的话来说是'其貌不扬'），还是个外国人（他没法用英语给自己辩护）。我们之所以被对方吸引，是因为都热爱艺术，不过，他是想象力丰富的画家，我被文学唤起的则是批判力。他沉默寡言，我雄辩滔滔。在他看来，压抑宛如魔鬼，在我心中，压抑力量十足。他把大部分时间用来沉思，每年总有两次喝到烂醉。我始终保持清醒，轻蔑的言辞是我忠实的伴侣。所有的差异都能调和，除了一点：我比他能说，而且，我把语言当作武器。这让我们彻底失去了平衡。我一张口，就有了威力：我可以切，可以割，可以刺；也可以强攻、连击与突袭。面对这种惊人的围剿，他束手无策。这在很大程度上就是我所期盼的局面，尽管当时我显然没能看穿，我对这个男人的依恋完全基于这个简单的现实。我走向这个男人和这段婚姻的过程不难追溯（任何具备心理学知识的人对这段心路历程都能做出可信的描述），但我当时对此懵然无知。

有个女人在运动中说过："我们要么自己是明星，要么就成了追星族。"她所说的追星族，其实是指那些一辈子围着自己嫁的成功人士打转的女人。她所说的明星,是指我们其他人:奋起反抗既定的命运,既没法缔结一段美满的婚姻,也没法完全摆脱它。我到伯克利读研时,第一次见到了符合这个模型的两类女性。后来我意识到,我将了解的两性关系都已存在于那个狭小的世界里。

伯克利的英语系本就是全世界人际关系的微缩模型。那里有掌权者:才华横溢、声名显赫的正教授,也有逐权者:准备成为弟子、门生、儿子和智力伙伴的青年才俊。教授与门生一起,构成了文明亲信之链上紧密相扣的环节,正是这根链条,保障了他们服务的事业能持续运转:大学里的英语文学。

与这些青年才俊并肩而站的是一些女研究生。她们多半来自中西部,穿小圆领衣服,精神紧张,因此沉默寡言,一到三年级,就跟某位前途大好的青年订了终身。她们之中,也有许多出色的人物:有人写文人诗,有人研究亨利·詹姆斯的心理,还有人为《仙后》[1]做了新解。当这样的女性成了未来学术佳偶中的一方时,系里对她们的讨论听来十分有趣。而在此之前,根本没人谈起过她。现在,大家提起她的名字都会压低声音,仿佛是在病房里谈论病人。必然能听

1　英国诗人埃德蒙·斯宾塞(1552—1599)的长篇史诗。

见有人发出这样的声音:"可怜的琼。大才女,真的。当然,她要是不嫁给马克,简直不可思议。毕竟,他那么出色,能带她过上唯一值得拥有的生活;但她本可以取得多大的成就啊。"说这话的人声音里夹杂着仪式感和解脱感,既奇特,又明显。

还有另一种女生。她们展现了迥然不同的强烈风格。傲慢,难相处,"吉普赛般神秘"(指纽约的犹太人),智慧过人但锋芒毕露,情感强烈而毫不矜持,行事过于直接,常常吓人一跳,也无优雅谦逊可言,叫人摸不着头脑。这类女性没有跟中世纪文学课上坐在她们身边的马克坠入爱河。她们跟他一起学习,互相争论,有时候还跟他上床,但她们没有嫁给他。他也没有娶她们。对马克来说,这些女人是异类,是一种短暂的刺激,在进入真正的生活之前,可以与之纵情片刻。在这类女性眼里,马克是一个野心勃勃的庸才,他聪明但谨慎,想要的只是毫无疑义的崇拜。简而言之,这些饥渴的年轻人彼此害怕,两两相轻,又相互激发。我觉得,他们大多暗自渴望与别人建立联系。只不过,这个秘密一直藏得很深。

男研究生可以从焦虑中撤离,获得一个现成的身份。他们拿到博士学位,迎娶琼,走上那条早已为他们精心备好的人生之路。女研究生没有这么好的运气。她们会与谁为伍？她们要去向何方？在伯克利，我知道她们会去向何方。她们跟已婚教授、黑人活动家、社恐数学家成就一段风流韵事，或是在沙图克大道（伯克利的社会分界线）另一侧的酒吧里流连，你在那里见到的多半不是研究生，而是冒险家：酒保、画家、流浪诗人、阿拉斯加来的渔民、家在俄勒冈的大麻种植者。她们的生活一分为二。白天，她们醉心文艺复兴时期的诗歌与英语系的生活；夜里，她们跟沙图克大道对面那些持二十四小时签证的男人上床。性的历险极少能转化为阅历。在某些重要的方面，这类女性对生活——对自己的生活，就像在某所偏远大学消磨时光的马克与琼一样天真。

我几乎不必明说，我自己属于哪一类。进伯克利时，我同样自带一份"不宜成为"的清单。我早已知晓，我跟这个世界上的马克们水火不容，依我看，个中矛盾源于他们的不安、恐惧和戒备。我，我早已就位。是他们不想要一个会顶嘴的女人，是他们害怕我这样的女人。"害怕我这样的女人"，这话充满蔑视。这种害怕低级、狡猾、反常、卑鄙，像昆虫一样渺小。一个男人若是害怕我这样的女人，就应该被痛骂至下身瘫痪。

我虽没在沙图克大道的另一侧流连，却也经常遇上兼具软弱与力量的男人,而这两点,正是对我释放性吸引力的必要条件。当然,真正的满足从未实现。这些暧昧对象总有不对劲的地方。玛丽·麦卡锡[1]曾这样描写笔下人物爱上的男人:那些头脑聪明的男人,总是长相滑稽;那些举止阳刚的男人,往往愚不可及。对我和我的许多朋友来说,这条等式就像来之不易的智慧。我们交谈时,常常得意扬扬地引用麦卡锡。她优雅的措辞把我们的状况从抱怨升华成了亘古不变的真理。

我当时没有发觉的是:在每一段感情里,我都被赋予了必要的控制权。如果一个男人身材矮小,或是头脑蠢笨,或是没有文化,或是来自异国,我就能拥有足够的优越感,敢于涉险爱情。在社交层面我或许会感到不自在,但我解放了。爱是一片巨大的沼泽。一旦我离开那片由痛苦而愉快的孤独构成的坚实土地,沼泽就会覆盖整个大地。跟男人上床,意味着开始耽溺欲求。找到平衡点,让自己不再沉迷其中,就成了必须要做的事。

斯特凡既不愚蠢,也非文盲,但他身材矮小、来

---

[1] 玛丽·麦卡锡(1912—1989),美国作家,代表作有《绿湖》《学术界》《令人迷恋的生活》等,以擅长讽喻著称。

自异国，还是个艺术家。他英文说不流畅，需要寻找字眼，他的工作我无法评价，但依然可以抱持怀疑。他还是一名曾经的天主教徒，对绘画有着传教士般的热情，这份热情强烈地吸引着我自己内心深处强烈的道德感。于是天平倾向了婚姻。我们是在北滩的一个晚间派对上认识的，那里离他当时就读的艺术学校不远，我们立刻开始讨论艺术的重要性，能为艺术献身的荣幸，以及随之而来的希望与荣耀、意义与超越。这番交谈让我们着迷。我们再三会面，只为听到自己一次又一次地念出这些神奇的词语。很快我便开始想象共同的生活：紧张、高尚、全心全意地投入"伟大志业"这个理念。

他呢？他想从我这里得到什么？同样的东西，一模一样的东西。显然，我完美地契合了他想象中的生活图景。我是文学专业的研究生：这很好。我是道德感极强的犹太女人：那更好。我在艺术的神龛前顶礼膜拜：这，是最好的。我们告诉对方，有了稳定的共同生活，我们就能各自着手此生注定要做的伟大志业了。这是一段脱胎于精神幻想的婚姻。无论在肉体层面，还是在情感层面，我们想要的都不是彼此。我们必将经历痛苦，直到领悟这个简单的事实。

我给家里打电话，宣布即将结婚。我母亲在电话的另一头气得哑口无言。待她终于开口，便立刻斥责我给她领回了一名异教徒。可是，妈！我们是共产党员。她平静下来，问我何时回纽约，想要怎样的婚礼。家庭式的，我笑了。谢谢，妈。

我到家后，她生气地给了我一个紧紧的拥抱。她已尽量克制，却一再怒火中烧，而其中的原因，我想她自己也不知道……哦是的，我要嫁给一个异教徒。我原本兴高采烈，现在开始惴惴不安。我想，此刻我在这个世界上最想做的事，就是嫁给斯特凡。我必须为自己遭遇反对的爱情打响保卫战，我要跟她抗争到底。可是每天中午我都涌起一阵恶心，脑中也是一片混乱。我在干什么？我为什么要结婚？我为什么要跟他结婚？他是谁？我将站在证婚人面前宣誓，称这个男人丈夫，冠上他的姓氏……我感觉自己一头栽进了……别想这些了，太迟了，一切都太迟了。如果这次她赢了，你就输了。

婚礼前夕，厨房里忙得不可开交。每个人都参与其中：萨拉、齐默尔曼太太、玛丽莲和她的母亲，她们打扫，烹饪，欢笑，交谈。现在想起来，率真的快乐只发生在婚礼前夕，大家在厨房里准备庆典的时候。我是指，她们——别的女人们，玩得很尽兴。我和妈妈不是这样。妈妈的脸上一直写满焦虑。她勤勉而出色地干着活儿,并且乐于帮助每个人,对谁都有问必答,但愁云一直笼罩着她。母亲那生动、温暖的身影消失了。取而代之的是一种勉强扮演母亲身份的疏远。她的焦虑让我难以忍受。它快把我逼疯了。我需要她的回应,需要她的支持。我需要这样。因为需求未能得到满足,我陷入了自己的焦虑,这让我几乎无力开口。我备受恐惧与惊慌的折磨,脸上挂着僵硬的微笑,在房间里走来走去:我觉得,我已无比自持。我们成了厨房里一对默契的对手戏演员。其他女人与我们保持着一段安全距离,跟我们对话时也小心翼翼,仿佛在跟潜在的精神病患讲话。我愤怒地想道,这个贱人给大家把一切都搞砸了。可紧接着我便发现,其他人跟往常一样,聊起天来依然轻松粗俗、俏皮夸张。只有我被击垮了。只有我在回应妈妈卑鄙的痛苦,用的是自己更加卑鄙的痛苦。

到了傍晚,家里的面粉和糖突然用光了。妈妈脱下围裙,说自己要透透气,打算去杂货店买东西。我不能让她离开我的视线。"我跟你一起去。"我说。她点点头,没说话,仿佛早就料到会这样。

我们出了家门,艰难地走在路上。时值八月末。我穿着一条过季的薄夏裙。就在那天早上,裙摆处缝线松脱,我用别针做了固定。我们走在路上,这时一阵微风拂过裙子,别针露了出来。我母亲突然大喝一声:"那是什么?"我顺着她的目光看过去。"早上裙摆脱线了,"我耸了耸肩,"我没找到针线盒。"就在此时此地,我母亲在大街上,在从家里去杂货店的半路上,失去了理智。

"你真恶心,"她冲我吼道,"恶心!看看你自己。看看你自己。你真是一团糟。你就是这样!一团糟!你什么时候才能长点记性?你觉得你会长记性?你不会长记性。"路人纷纷侧目。她完全没有发现。突然,她的身体开始颤抖。她的皮肤没了血色。她把脸凑到我的眼前。"他永远都不会娶你的。"她愤愤地低语道。

痛苦撕裂了我的胸膛,一种又怒又怕的兴奋迅速地钻进了这个腾清的空间。她嫉妒了,伟大的上帝,她嫉妒了。不仅仅是因为我要结婚了,而且因为这个迷人的异教徒将带我走进外面的世界。我能在她的眼神里看出来。我们站在那里,一动不动。我感觉自己的脸色变得跟她一样灰暗。我们没再说话,转过身,继续往杂货店走去。

从蛋糕,到音乐,再到服装,这场婚礼的确是家庭式的。我们把家具搬进卧室,推开屋子中央两个房间之间的玻璃门,在一端摆上一桌食物,另一端则是一位拉手风琴的朋友，人群站在中间，大家吃呀，喝呀，跳舞呀，兴高采烈地欢呼庆祝。这个氛围很快催生了温暖、亲密、孝顺的感情。婚礼上唯有我和斯特凡是陌生人。我们一起站在房间中央的小岛上。在这个岛上，我俩都很孤独。他眼前一个朋友也没有，意第绪语也让他极为不适。我倒是能看到朋友，但他脸上的紧张分开了我和我的朋友们。那个曾经把我们吸引到一起，促使我们来到这一刻的东西，突然变成了一种绝望的空想。这场传统仪式的感染力，我们既无法加入，也无法抵挡，而它，是为我们举办的。我看到妈妈不住地为大家提供食物，她眼神冷酷，嘴边挂着僵硬的微笑，她伸出手，掌心朝上，抵挡大家的祝贺，这一幕彻底让我感到孤独。

斯特凡和我回到加利福尼亚，着手将北滩的一间五室公寓打造成我们的家。这地方像个废墟（墙壁摇摇欲坠，天花板斑驳起皮，地板破破烂烂），但房间的形状不错，阳光也能到处流转。我觉得，我们当时的想法是：等做完这件事，我们就能成为真正的夫妻。改造之初，我们心情轻松，因为想着手头工作的美好前景；可日复一日，夜复一夜，当我们试图与那个错误冲动带来的可怕现实磋商时，心情已然沉重起来。我们第一次发觉，彼此是多么陌生。我没有放浪形骸的天分，他没有离经叛道的因子。周围的环境若不齐整，我就难以忍受；一个房间似已完工，他就百般不适。我珍视思想的清明，他向往神秘的启示。白天总有漫长的不悦，要花好几个小时才能平复。夜里我们带着困惑、渴望和令人崩溃的紧张情绪爬上床。身体极少给我们带来慰藉，即便有，也就只是一个小时。这是我第一次把性爱当作宣泄，它让人早上醒来时跟前一天夜里同样孤独。

这个公寓总面积充足，但每个空间都不大。于是斯特凡的画室就成了问题。我们结婚时商定，为了巩固我们的联结，也为了省钱，他会搬出自己一直租住的地下大画室，在家里安置一间画室。公寓尽头有个塔楼似的房间，四面有窗，原本看上去很理想。现在我们突然发觉，这间塔楼房的实际占地面积太小。唉，好吧，到时候我们再考虑这事。与此同时，我们决定从大门旁边的厨房着手，稳步推进，直到改造完整个公寓。我说，这是合乎逻辑的做法。斯特凡表示同意，是的，这是合乎逻辑的做法。现在回想起来：当时我们其实在一个房间接一个房间地划出距离，判定偏航，造成损失。

这是一个老式厨房,空间很大,有三扇高高的窗户,宽而浅的台盆高高地栖在木橱柜上,还有一套砌在地上的长椅与餐桌。我们为它抹了石灰,刷了漆,铺了油毡。厨房完工时,桌椅白得耀眼,斯特凡在餐桌边缘漆上了一圈宽宽的橙色饰带。那抹橙色。在最痛苦的日子里,那抹橙色依然灿烂夺目,它振奋着我的心情,净化着我的精神。每当我想起那间公寓,首先想到的往往就是餐桌边缘的橙色饰带。接着阴郁就会涌上心头。

在这个厨房里,我第一次开始理解妻子一词的含义。我们是两个二十四岁的年轻人:前一天,我们还是研究生与艺术家,第二天,就成了妻子与丈夫。之前我们总是一起把要吃的简单饭菜端上餐桌。现在情况突然变成了斯特凡每晚在自己的画室里读书作画,而我在厨房里努力准备一餐彼此都认为合适的饭菜,然后独自将它们端上餐桌。我记得自己曾耗费一个半小时,依照某本女性杂志的配方,炮制了一顿十分难吃的烩饭。只十分钟的时间,我俩就囫囵吞枣地吃完了。饭后我又花了一个小时只身收拾残局,我盯着水池沉思:接下来的四十年,我就要这样度过了吗?

我发现我很讨厌做饭:没法理解它的社会价值,总在困惑为何要我一力承担这项我俩都同样需要的服务，还会故意在早该炉火纯青的时候维持笨手笨脚的状态。然而，我们结婚三个月后的一天早上，斯特凡对我说："你做的咖啡太难喝了。"我非常难过。之前我们从未执着于好喝的咖啡，也从没在意过咖啡由谁提供，是好喝还是不好喝。现在，突然之间，餐桌上的糟糕咖啡成了我的缺点。为了改正这种被他点明的不足，我去了其他街区的一家意大利咖啡馆，哀怨地对在咖啡馆消磨时间的退休老人说："我丈夫说我做的咖啡很难喝。"他们立刻围到我身边。一个人说，是袋装咖啡的问题，另一个人说，是咖啡壶的问题，还有人说，是水的问题。于是我购买了滴滤壶、未经研磨的咖啡豆和瓶装水。然而，做出来的咖啡依然不好喝。太淡了、太浓了、太没风味了、太苦了；有时候味道很特别，但从来不好喝。有天晚上，在一个派对上，一位岁数长我一倍的画家疲惫地对我说："一切都在于计量。只要计量准确，我保证你能做出好喝的咖啡。"他说得对。我学会了计量，咖啡引发的痛苦瞬间终结，就跟它出现时一样突然：仿佛我在能见度本就很低的夜晚开车穿过了一片浓雾。

关于丈夫和妻子的陈腐观念，我们全盘接受，这是年轻与无知的表现。我们自己对正常生活的想象并非如此。从卧室到客厅，再到书房和画室，在改造公寓的过程中，我们越来越深刻地感受到自己所走的道路何其艰辛，以及结婚就意味着要表演的神奇事实。我们觉得自己首先是热爱创作的人。重新装修过的公寓就是为了宣告我们的目标；它将反映我们高尚的团结。可不知怎么的，这个地方不愿融为一体。我们也找不出其中的原因。完工后的每个房间似乎都悬在半空，维持着明显的孤立状态，彼此既不连通，也不亲密。我们苦苦思索——我知道斯特凡跟我一样困惑：到底出了什么问题？可除了苦思冥想，也没有别的办法。我们在公寓中央的走廊上走来走去，在那些满是窗户的房间里进进出出，企图寻找那种难以捕捉的团结，当时我们一定觉得自己将它落在了某个地方。

几乎每个研究生的公寓都摆满了墨西哥陶器、草编地毯和马德拉斯棉布床品。我提议我们别放这些东西。比如卧室，我说，应该凉爽清新，成为供人退隐和恢复的地方。（现在我开始好奇当初自己为什么会有这样的想法）"我们把墙壁刷成浅灰色吧，"我说，"窗框漆成白色，床上铺蓝灰色的床品。"斯特凡觉得这很有创意，立刻跟我一起实施这个计划，可完工后，我们却发现有点不对劲。这个房间不是一个怡人的空间。我们再次困惑不已，毕竟房间里的每一件单品都很漂亮。每天晚上，我们都会在这里重演无法结合的情景,浅灰色的墙壁洒满孤独,蓝灰色的被单从未自发地起皱,这些都是我们无法用语言表达的想法。

我的书房也是如此。我们买了一张旧木桌,我本以为用它当书桌相当不错,还买了一张与之相配的板条椅。我们搭好书架,往墙上钉了一块留言板,在窗边放了一张摇椅,再次为房间选择了一种我觉得既宁静又生动的颜色。我们都说,现在我可以工作了。可桌子太高太厚,椅子笨重僵硬,留言板空空荡荡,非常怪异,墙漆的颜色也让我焦虑:在油漆罐里看似温暖的米色到了墙上竟显得冷漠疏离。然后,还有书的问题。斯特凡建议我俩把书放在一起,我却听见自己说:"不,我想单独放置自己的书。"我自己也吃了一惊。他红了脸,不再说话。我发现自己伤害了他,第一反应是收回刚才的话,但这个冲动并不强烈,我没有将它付诸实践。书房里只剩下我的书,但我阅读时再也感觉不到快乐。我坐在摇椅上,扫视着书架上的书,想挑一本来看,这时我想起斯特凡曾多么努力地帮我组装书架和摆放书籍,心中便泛起一阵钝痛。这种痛苦让我身处这个房间时难以阅读,甚至难以思考。

客厅是牵制行动[1]。我觉得当时我们就心知肚明。我们在这里铺上草编地毯，给陶罐插上纸花，给沙发床上搭上一条鲜艳的条纹毯。这个房间给人的第一印象是不大实用。我们在慈善超市找到了一张玻璃茶几。玻璃已经掉色，木质底座遍布划痕。斯特凡用砂纸给木头抛了光，往玻璃桌面上倒了一道赭色油漆，又倒了一道白色油漆。然后他坐在桌边，手里拿着一支刷子，开始指挥这两道油漆进行圆周运动，就像一个管弦乐队的指挥家。他一边愉快地大笑，一边全神贯注地干活（刷每一笔油漆，都需要极其专注）。他的成果是一个横在客厅中央的醒目抽象作品。油漆绝妙地凝结在玻璃表面，桌上的咖啡杯完全没有滑落的机会。

那张漆过的桌子就像那条橘色饰带，是家里的亮点，它跟透过十五扇窗户倾泻进来的阳光一起，让在奇形怪状的房间里累积的阴郁变得明快起来。在原则上，我们处处意见一致。但在日常生活中，我们似乎从未同时想要相同的东西，我们都认为自己一直在勉为其难或妥协让步，也总有一人觉得自己被逼得走投

---

[1] 军事术语，意思是用兵力、火力、信息力吸引和拖住敌人的作战行动。

无路。我想要的不过是正常的生活!我对自己喊道。为什么一切都这么难?为什么我们总在生气,总是激动?为什么面对这件事、那件事或其他事情的时候,总有痛苦的分歧?

在我看来,我自己的行为合情合理。斯特凡的举动却令人费解。固执己见,钻牛角尖,我觉得。尤其是在礼拜天。每逢礼拜天,斯特凡就会终日待在画室里(之前是在学校,后来是在家里)。"可是礼拜天,"我抗议道,"这是我们应该一起度过的日子。"要不然我干吗结婚?我想着。"这没有讨价还价的余地,"他说,"我必须在画室度过这一天。我得看着画布,研究作品,恢复精力。我没法开展下个礼拜的工作,除非这天我能一个人待着。试着理解一下。""要是不用一整天呢?"我哄骗道,"早上工作,下午陪我散步。"他看着我,一双蓝眼睛冰冷费解。"不行,"他说,"我需要一整天。"接着他问:"你为什么不一起工作呢?"现在轮到我面无表情了。"可那是礼拜天。"我重复道。冷漠变成了嘲讽。"只有资产阶级才非要在礼拜天散步,"他说,"艺术家不会这样。"我一听这话,便摔门而出。

到了礼拜五早上,我们本该着手装修斯特凡的画室,却直接吵了起来,原因我已记不太清,但那番交谈深深地刺痛了我的心。我陷入了无法自拔的严重抑郁,并未跟他一起去粉刷墙壁(而他跟我一起粉刷了书房和家里的其他所有空间)。整整三天,我没有办法回话,也几乎没法开口。我漫无目的地在家里游荡,或是到街上散步。斯特凡一人去了画室。我每次出门或回家,目光都会穿过公寓中间的大厅,看向他敞开的门口,我能看到他在孤独的静默中一小时又一小时地干活,他站在高高的梯子上,在那间洒满阳光的圆形房间里粉刷高处的窗框顶端。我满心悔恨。我渴望他把我从自己的封闭中打救出来,劝我与他和解。后来我才意识到,我拒绝跟斯特凡一起装修他的房间时,他一定非常愤怒,而他不管心情如何,都从未拒绝跟我一起装修我的房间。

礼拜一,我恢复了说话的力气,也开始跟他一起在画室干活,但我们心里并未卸下重负。吃晚饭时我们相敬如宾,之后待在客厅的一个小时也是如此。然后他上床睡觉,我熬夜读书。我在他身边躺下时,他已经睡着了,或者是在装睡。接下来的几天里,这种可怕的礼貌变成了一种紧张的体贴。那种紧张就像轻度感染,我们尚能忍受。我们开始习惯家里的紧张气氛,我原以为它很快便会消散。我醒来时心中想着:"今天,今天就会结束。"可我起床后,那种轻微的细碎痛苦又在空气中弥漫开来。

我坐在摇椅上发呆。斯特凡走进房间,提议出门散步。我捧起膝上的书,说,不去,我必须读完这章。第二天晚上,他提议看场电影。我说,不去,我太累了。第三天晚上,学校里有个派对。"你去吧,"我说,"我真的没有心情。"他站在门口,看了我好一会儿,然后开始咆哮。

"不管我提议什么,都是错的!也许错的是我这个人。嗯?是这样吧?我做什么都不对,因为我不是那个对的人。难道不是吗?这就是你给我的感觉。一直如此。不是现在才这样。一直如此。你总是不满意,总是失望。对每一件事。你从不努力改善现状,你只是坐在那张该死的摇椅上,一脸失望。"

中午,我和母亲途经广场饭店[1],准备去公园吃午餐。酒店门口的喷泉旁围了一大群人:或坐,或站,或走到人行道上买烤肉串、苏打水、椒盐脆饼、沙拉

---

[1] 位于纽约五十九街,正对中央公园。

三明治、蛋卷和热狗。他们就着锡纸吃饭，拿着塑料瓶喝水，欣赏传帽募捐的街头艺人的表演：霹雳舞、哑剧、弦乐四重奏。其中一个街头艺人是激进派传教士，他不为募捐，一边在喷泉前面走来走去，一边对每个人大喊大叫："你会下地狱。不是明天，不是今晚，而是现在！"他做了一个错误的决定，竟然拦住了我的母亲。她直接用一句"你有什么毛病"打发了他（她没空跟他纠缠），然后继续往前走。

我哈哈大笑。我今天很开心。今天，我也是一名街头艺人。那些街头艺人在来来往往的纽约人面前能献上出色的表演，我一直很佩服他们的勇气、技巧和管控力。昨天晚上我在市里的一场大型集会上发表演讲，主题是激进女权主义的路障。同样不是为了募捐。我讲得既轻松又精彩，牢牢抓住了人群的注意力。有时候我做不到，但昨晚我成功了。昨晚，我把掌握的所有演讲技巧都运用得得心应手，而且我心里清楚。正是因为清楚这一点，我才愈加头脑清醒、思路清晰、雄辞闳辩、舌灿莲花。人群开始骚动。我感觉到了，然后我证实了我的感觉。

母亲也在观众席上。演讲结束后，我没再见到她，因为我被人群包围并带走了。今天，此时此刻，是我昨天登台表演后第一次见到她。她在冲我微笑，跟我一起，为这一天、人群和遍布纽约街头的表演所带来的愉悦而欢笑。我满心期待。她就要告诉我，昨晚我有多么出色。她开口说话了。

"猜猜昨晚我梦到了谁，"她对我说，"苏菲·施瓦茨曼！"

我一惊，差点失去平衡。这出乎我的意料。"苏菲·施瓦茨曼？"我问。然而，在我的惊愕之下，一颗恐惧的种子开始在这个无比明媚的日子里萌芽。

苏菲·施瓦茨曼在我们楼里住了好几年，她和妈妈是朋友。施瓦茨曼一家搬去布朗克斯的另一个社区后，两家人依然有往来，因为两位主妇互相喜欢。施瓦茨曼夫妇生了三个孩子：西摩尔、米里亚姆和弗朗西斯。西摩尔成了著名的作曲家，他把名字改成了马尔科姆·伍德。米里亚姆长大后跟她母亲一模一样。弗朗西斯，一个"有雄心壮志"的漂亮女孩，嫁给了一个有钱人。苏菲离世已整整十年。我跟她的子女也有二十几年没见过面了。

"我梦到自己在苏菲家，"穿越五十九大街时，母亲说，"弗朗西斯走了进来。她写了一本书，叫我看一看。我看了，但不是很热心。她非常生气，冲她母亲叫道：'再也别让她过来了。'我感觉糟透了，心里很难受。我说：'苏菲。这是怎么回事？你的意思是，这么多年过去了，我竟然再也不能来你家了？'"我们走到人行道上，母亲转头看我，脸上挂着灿烂的笑容，她说："但是，多棒啊！我一觉醒来，发现这只是一个梦。"

我双脚好似灌了铅。我努力把一只脚挪到另一只脚的前面。母亲没发现我的步子慢了下来。她沉浸在自己惊人的描述里。

"你昨晚梦到了这个，妈？"

"是的。"

"在我演讲之后？"

"嗯，是的，当然啦。不是演讲一结束就梦到了。是我回到家，睡着之后的事。"

我们走进公园，找了张长椅坐下，拿出我们的三明治。我们没有说话，各自陷入了沉思。过了一会儿，我母亲说："想象一下，这么多年过去了，我居然梦到了苏菲·施瓦茨曼。"

我和斯特凡结婚一年多的时候，有天晚上，电话半夜响了起来。我拿起听筒，说了声你好，母亲的声音从另一头传来,她抽泣着念出我的名字。

"出什么事了,妈?"我喊道,"怎么了?"

"内蒂,"母亲哭着说,"内蒂。她死了!"

"哦,妈!哦我的天哪!"

"癌症。她得了胃癌。"

"我根本不知道她病了。"

"我也不知道。事发突然。你知道的,我不跟她说话,我好多年没去隔壁了,我一点也不知道。她胃痛了好几个礼拜。最后她疼得太厉害了,里奇过来按门铃,让我给医院打电话。于是我就进了她家。她蜷缩着身体,躺在那里,像动物一样嚎叫。救护车来了,把她带走了。她撑了三个礼拜,今天下午去世了。"

"你去医院看过她吗?"

"没有。我没去。"

"为什么不去?"

"我没法去。就是没法去。"

"你那该死的骄傲。"

"啊——"她说,我能看见她在电话旁用手掌劈开空气,"你真孩子气。你什么都不明白。"

"我明白你让她一个人孤零零地死了,身边除了里奇,一个人也没有。我非常明白这一点。"

沉默。电话两端都沉默了。

"我没法去看她。就是没办法。"更长的沉默。

"她身体里面都烂掉了,"妈妈说,"啃光了。那些男人,他们把她啃光了。"

"看在上帝的分上,妈!你真的相信吗?你觉得性会让人得癌症?"

"她得了癌症,不是吗?"

"哦,妈。"

"别冲我说'哦,妈',我知道自己在说什么。"

我挂掉电话,小心翼翼地躺回床上。一种沉甸甸的重量压在我的心口,我要是动作太快,或许只是稍一动弹,就会喘不上气。斯特凡听了我们的对话,很受触动。他抚摸着我的面孔和肩膀,吻了我好几遍。然后他抚摸我的乳房,我的腹部,我的大腿。一种强烈的情欲突然向我们袭来。我们狠狠地做爱,我哭了。重量减轻了。

那一刻,我已经从失去内蒂的痛苦中走了出来,但尚未从她在我心中唤起的隐隐愧疚里回过神来。那晚我第三次躺下,内蒂的面孔在黑暗中飘浮在我的眼前,跟往常一样,她抿着嘴唇,不以为然地盯着我。我忆起她的样子,总会感到焦虑,以及异样的羞耻。

自内蒂和妈妈吵架后,到我结婚前,这些年里我几乎没怎么想起她。我不需要去想。她就在那里,跟那间公寓、那些家具、那条马路一样,尽管我们很少见到对方(这次争吵让我第一次展示了公共区域在我心里的分布方式)。我结婚后,内蒂似乎一直隐隐浮现在我的脑海,尤其是跟斯特凡做爱时。那一刻她的存在感最为强烈,也最不以为然。她会突然在空气中显形,仿佛在说:"我把自己来之不易的知识浪费在你身上,就是为了这个吗?"

有很长时间——事实上有好几年,我和斯特凡把两人之间的紧张关系形容为张力。(我们知道紧张是贬义词,但张力——啊,张力!)我们的性爱几乎总是紧绷而激烈,是一种压抑的释放,打救我们于连日的阴霾。最初那些争吵形成的氛围其实从未真正消散,我们只是渐渐习惯了这种氛围,就像一个人习惯了压在心上的重负,它虽限制了行动的自由,但并未完全禁止活动:很快,在狭窄的空间里走动就成了寻常事。我们之间缺乏轻松愉快的氛围,这成了我们的常态。我们可以忍受下去,不幸的是,我们的确这样做了。我们不仅忍受了它,而且养成了把这个难题称作张力的习惯。

这个难题年深日久,并非偶尔发作。每隔一天,我们当中就有人因小事动怒。一番思虑不周的交谈之后，我们都觉得受到了伤害。谁也没有立刻将这种伤害开诚布公地宣泄出来，反而双双陷入沉默。几分钟、几小时、几天都在沉默中度过。一周将尽，焦虑已经令人窒息。每天早上，我们如释重负地分手，我去海湾对面的英语系，斯特凡去山上的艺术学校。我的怨气总在白天消散殆尽。我心中洋溢着柔情，打算一进家门，便张开双臂拥抱斯特凡，吻遍他的面孔，说："我们干吗这样胡闹？"然而，当我真的走进家门，他却面若冰霜，传到我耳中的第一句话是："你早上没把牙膏盖子拧紧。"于是我转进厨房，煮了一杯咖啡，躲进我的书房。有时斯特凡会在我煮咖啡的时候走进厨房。他喝水时脖子上的动脉在跳，他脸颊上有两片白斑，这些我都看在眼里。但我不说话，他也不说。我端着咖啡离开厨房，仿佛有重要的事情要做。然后我小心地将书房门掩上一半。他要是经过这里，就会看到我坐在摇椅上发呆，好一副不满与痛苦的模样。最后，当空气变得过于稠密，以至我们难以呼吸，其中一方就会打破僵局。这个人通常是斯特凡。他会在摇椅前跪下，用手臂环住我的双腿，轻轻问我："怎么了？告诉我。"我潸然泪下，喊道："我不能再这样下去了！我没法工作！我没法思考。"然后我们就会上床。

永远是那句"我没法工作！我没法思考！"那是我们之间的神圣祈求，是我们的连祷与圣歌，也是充满情欲、修复关系的确认仪式。"我没法工作！"我们这样吼道，不是他，便是我。这句话打破了我们禁锢自己的囚笼。没法工作，这是我们唯一可以坦然而无畏地向对方承认的事情。在宣布这个弱点时，我们想起，我和他都拥有一个优点——敏感，因此不再害怕受到对方的评判。以工作的名义示弱，最终是为了武装自己，对抗彼此。

不过对我来说，那些年确实是一个开端。我真的开始坐在书桌前，尝试思考。大多数时候，我遭遇惨败。大多数时候而已，并非一直如此。婚后第二年，那个矩形空间第一次在我体内出现。当时我在写一篇文章，那是一篇研究生评论，它毫无征兆地绽放成了光彩照人、条理清晰的思想。一个个句子在我心中翻腾，它们奋力涌出，每一句都在飞速移动，将自己放在前一句身后。我突然发觉，一个形象控制了我：我能清晰地看到它的形状和轮廓。这些句子正在试图填满那个形状。这个形象就是我的整个思想。在那个瞬间，我感到自己豁然开朗。我的五脏六腑化作一个矩形，里面满是纯净的空气与整洁的空间，它起于我的额头，终于我的鼠蹊。在这个矩形的中央，只有我的身影，它耐心地等候自己被阐释清楚。我体验到一种无与伦比的快乐。这世上没有哪句"我爱你"能望其项背。在那种快乐里，我安全而亢奋，兴奋而平静，不受胁迫与影响。我赖以行动、生活、存在的一切知识，我都明白。

当然，我也一再失去它。我不仅会失去它，还发现自己其实害怕它。有天晚上，我在伯克利的一场派对上加入了抽大麻的人群。我在那圈人当中坐下，大麻传到我这里时，我吸了一口。不过几秒钟的时间，我感到矩形在体内成形，它散发着耀眼的光芒，闪烁着，移动着，不像往常那样清晰与稳定。又过了一分钟，墙壁开始合拢。我知道，当墙壁相撞时，我体内的呼吸就会被扼死，到时，我也会死去。我坐在满是朋友和熟人的房间里，斯特凡也在场，我冷静地对自己说："你孤身一人。他们不明白。没办法让他们明白。再过几分钟，你就要死了，他们谁也帮不了你。你只能孤独地面对这件事，绝对的孤独。"我没法说话，也几乎无法呼吸。墙壁即将完全合拢的那一刻，恐惧令我站了起来。"我病了，"我大声宣布，"我病得很厉害。哦，天哪，我病得太厉害了！帮帮我。我病了。"斯特凡带我回了家，一路对我轻声细语。后来我好多年没再吸过大麻。

关于工作,斯特凡的了解比我多,但我想,也多不了多少。他的绘画理念与他在画布上实现这些理念的能力之间有差距,他因此饱受折磨,并且无限夸大了这种折磨。他在画室里跑来跑去,抽烟、咒骂、往画布上扔颜料,但我猜他不会好好想想眼前的问题。工作不多不少,正是一种耐心而持久的劳动,当时他未能像我那样清楚地领会这个常识。

有天晚上,他在三幅画前站了很久,然后将它们踢了个粉碎。"狗屎!"他对它们吼道,"全是狗屎!"接着,他摔门而出。凌晨两点,门铃响了。斯特凡站在门口,半死不活地躺在一个画家朋友的怀里。他散发着呕吐物和粪便的恶臭,闭着眼睛,身体瘫软,把他的朋友也往地上拽。"该死的,斯特凡!"画家吼道,"站起来!"那个朋友看着我,然后把目光移到了天花板上,说:"他一下子就成了这副模样,我都没看清楚是怎么回事。他突然走出酒吧,跑到大街上,像印第安人一样大喊大叫。我试图阻止,但他动作太快。他冲街上的两男一女奔了过去。我还没来得及拦住他,他就掀开了那个女人的裙子,在她屁股上咬了一口。那两个男人想打死他。但我及时赶到……"

我看着瘫在走廊地板上的斯特凡,心想,这个男人是谁?我在这里做什么?我觉得我一刻也不曾停止思索，我在这里做什么？他喝醉了，我很沮丧。他闷闷不乐，我不以为然。他砸烂自己的画作，我只感到轻蔑和惊讶。

有一次，我们之间的紧张氛围持续了整整一个礼拜。我坐在书房假装看书，斯特凡走了进来。他跪下来抱住我的腿。我低头看他，他抬头看我。"嗯？"他轻轻地说，"这次多久了？"我伸出手，把他额前的头发往后捋了捋。他握住我的手，亲吻我的手心。我站了起来。我们绝望地相拥着，朝卧室走去。我看见内蒂的面孔浮现在我的眼前，她反复摇头，表示不认可。这不是我为你设想的未来，她说。我和斯特凡在床上躺下。"爱我！"他小声说。我把身体贴在他身上，紧紧地拥住他。"我爱你，我爱你。"我小声答。这是真的：能有多真，便有多真。那时我的确爱他，的确。但只能爱到某个限度。超过这个限度，我就无法再给予心中那种隐晦的感情。我能看到它是多么晦涩。我能尝到它，也能摸到它。在我和我对斯特凡的感情之间，也许在我和我对任何男人的感情之间，都隔了一层透明膜，透过那层膜，我能小声说"我的确爱你"，我能让这句话被听见，却没法让对方感受到。内蒂在空中盘桓。她的身影触手可及，既温暖又生动。我与她四目相对，中间没有阻碍，也没有干扰。重点在于，我能想象她的样子。对我来说，她是真实的，而他不是。

我们一起生活了五年。然后有天斯特凡离开了这个家，再也没有回来。我们的婚姻结束了。事实上，为什么不呢？我们厌倦了彼此的争斗，都想去没有令人压抑的紧张气氛的房间里喘口气。比起在一起，我们更渴望这样。我清空了那间公寓，卖掉了里面的一切，离开了研究生院（它对我来说一直很抽象），回到了纽约。我当时三十岁，回归单身让我如释重负。我搬进了第一大道上的那间小公寓，找了一份给周报写稿的工作。我把公寓收拾了一下。没过多久，每个角落都变得温馨起来。这次的颜色都选对了：装在罐子里跟涂在墙上没有太大色差。我有一张简直为我量身定做的书桌：足够高，足够秀气，也足够方便使用。我白天工作，夜里躺在沙发上看书。不过，我阅读时常常很快就会走神，接着我发觉自己一连几个小时躺在那里，发着呆。

那些年，我这样的女性被称作新女性、自由女性和怪女人（我自己当时更喜欢怪女人这个称呼，现在依然如此）。的确，白天坐在书桌前，我是新潮、自由而古怪的；但到了夜里，我躺在沙发上发呆，母亲在我的眼前浮现，她仿佛在说："别急呀，亲爱的，我们之间还没完。"

我们在地兰西街,准备前往威廉斯堡大桥。母亲之前给我打了电话,她说:"跟我徒步过桥,看看我的老街坊,如何?"(她在遇到我父亲之前,便举家搬到了布鲁克林,威廉斯堡是她出嫁前住过的最后一个街区)这让我很是惊讶。

"但是,妈,"我说,"你不是讨厌下东区吗?你一直不肯穿过豪斯顿街。"(以色列的亲戚想去果园街时,她把他们带到豪斯顿街,隔着六车道指了指方向,然后转身离开。"我讨厌果园街。"她告诉他们。)

"喏,为了徒步过桥,我勉强忍受一下东区。再说,我已经三十年没去过地兰西街了,有点好奇。"

我们穿越那条拥挤、肮脏、满是移民——现如今黑人和波多黎各人取代了犹太人和意大利人——的街道时,她感叹变化实在太大。我告诉她,什么也没变,除了人们的肤色和语言。地兰西街和从前一样,一派人头攒动、熙熙攘攘的繁华气象:廉价服装店,杂乱的鞋摊,打折的亚麻织物,分期付款的家具，以及成百上千的卖糖果、剃须刀片、鞋带、香烟、手电筒和晾衣绳的街头小店。

快到埃塞克斯街时，母亲说："记得莱文森一家吗？不知道他们的店还在不在。"

记得莱文森一家吗！

"我当然记得莱文森一家，"我说，"在的，我觉得商店还在。"

"他们家的几个男孩，还有谁在店里上班吗？最小的那个——戴维，是不是？我要是没记错，他拒绝了。你后来跟他认识了，是不是？"

"是的，他拒绝了。是的，我认识他。"

"你现在还会见他吗？"

十年前，在十四大街，有个男人迟疑地问我："是你吗？"他身材结实，头顶半秃，穿一件不成形的粗花呢外套，柔软的黑卷发散在发际线很高的额头上，一双黑色的眼睛在黑框眼镜后面眯了起来。我停住脚步，仔细打量这个陌生人。

"戴维，"我说，"戴维·莱文森。"

他冲我微笑："你在做什么工作？"

"我是记者，戴维。我给报纸和杂志干活。"

他凝视着我。我当时觉得他一定不知道记者和报纸是什么。然后他说："你喜欢波德莱尔吗？"他从花呢外套的口袋里掏出一本波德莱尔。"你喜欢禅学吗?"他说,"我还有禅学。"他从另一个口袋里掏出了禅学。

三天后,我们上了床。"很多事我不会做,"戴维说,"不过有件事我会,就是做爱。"他没有说谎。我们悄悄在一起了,维持了六个月的地下情。

我摇头否认,我不再见戴维了。

"一帮什么人啊!"莱文森家的老服装店在埃塞克斯街上,从地兰西街拐个弯就是,快到那里时,我母亲笑:"记得那些人吗?记得那四个儿子吗?还有多萝西?还有她,他们的母亲?'莱文森,'我常常跟她说,'在你丈夫回家之前,把灌肠袋从桌子上拿走,鞋子也拿走。'但她不听我的。她只会哭,因为他不爱她。记得他吗?杰克·莱文森?他跟走进商店的每个女人都上过床。整个夏天他都不会来乡下看他们,可能有个周末来过。她站在厨房里,总是穿着那件湿漉漉的睡裙,哭呀,哭呀,因为他不爱她,孩子们还叫她蠢货。"

"她多漂亮啊,可怜的人儿,"我母亲一边说,一边在地兰西街的喧嚣和垃圾之间穿行,"黑皮肤,很可爱,跟她的孩子们一样。但是胖。哦,她胖吗?记得她有多胖吗?而且随着年岁的增长,变得越来越胖。我来看过她一次，这里，就在这里"——她指着埃塞克斯街——"在店铺上面的公寓里。记得吗？你跟我一起来的。我觉得她快把房间填满了。她要怎么出去啊，或者怎么进来呢？但是心地善良？没人比她更善良了。你生病的时候，我快累倒了，她整夜陪在你身边，往你的心口涂芥末膏。记得吗？太可怕了。她想要的只是杰克，但她得到的却是整夜照顾生病的小孩。"

莱文森太太余生都陪着孩子，更糟糕的是，孩子们也一直陪着她。他们大喊大叫，挥舞拳头，一头栽进性、毒品、夜校与婚姻，谁也没离开埃塞克斯街。戴维和我重逢时，已经有个十六岁的儿子。他让邻居家的女儿怀了孕（"我在厨房水池上操了她，当时她爸妈在隔壁房间听意第绪语广播"），十九岁那年他开始为人夫也为人父，跟他的父母住在同一个街区，只是距离稍远。（戴维如是说起家庭生活："我儿子还是婴儿时，我妻子把他放在床上，什么防护措施也没做。我让她在孩子身边围上枕头。她不愿意。有天晚上，我们在看电视，我听到另一个房间传来'嘭'的一声，那声音让我终生难忘。我走进房间，孩子躺在地上，像一只翻了面的蟑螂，已经晕死过去。我回到客厅，对着她的嘴巴挥了一拳，那滋味我觉得她至今都还记得。")

我们快到威廉斯堡大桥的入口了。"这么多车!"我母亲喊道,"我们要怎么上桥?我都弄糊涂了。"我自己也很迷茫,一直找不到人行道。我转来转去,在汽车尾气、汉堡油脂、摇滚电台和尖叫母亲的包围之中不停打转。突然之间,地兰西街变得压迫感十足。累积的疯狂、噪声和迫切需要解决的事让我难以忍受。我站在那里,非常不适,我想起可爱的戴维最终是如何变得这样让我难以忍受:所有的噪声与疯狂,以及骚动的贫穷与无助。

我和戴维恋爱时,在一个夏日的午后回到了本氏度假屋。那个地方悲凉、寂静,到处都是灰尘,早已年久失修。去程的公交上,戴维心情低落。"我想说,我过得不幸福,"他说,"不仅是因为我的生活变成了什么样,而且因为生活本身是什么样。我很失望。不仅是因为我没有自己所渴望的创造力。我失望,是因为树木不与我交谈,花草不跟我说话。我失望,是因为苍蝇误把我当作狗屎。"当我们终于抵达本氏度假屋,一起在荒芜的地面上转悠时,他说:"我很高兴我们回到了这里。我很高兴我们来到这里,看到这个地方已被遗弃、被摧毁,荆棘丛生,覆盖一切。因为这就是真相。我很高兴我们来到这里,看到了真相。

我们要是没来,也许就会一直以为只有我们是这样。只有我们没成功,别人不知为何都做到了。只有我们糊里糊涂地错过了转机,没能走上正确的道路,采取正确的行动。"

戴维总跟我说"我们",仿佛我们的生活和命运都是一体的,我猜只要我跟他上床,他就有权认为我是莱文森家的荣誉成员。但我对那个"我们"拳打脚踢,我们在绝望中结束了恋情。

我在十四街遇见戴维时,他是一名社工,住在格兰街的安置房里,在唐人街的福利办公室上班。除了上班和看书,他什么也不做。通勤时他在地铁上看书,午休时他在办公桌前看书,晚饭后他在床上看书,那是一张巨大的红木床,作为卧室里唯一的家具,靠在空空荡荡的墙上。他读托马斯·曼[1]和赫尔曼·沃克[2],伯纳德·马拉默德[3]和罗德·麦昆[4],迪

---

1 托马斯·曼(1875—1955),德国作家,代表作有《布登勃洛克一家》等。
2 赫尔曼·沃克(1915—2019),美国现实主义作家,代表作有《凯恩舰哗变》《战争风云》等,其中《凯恩舰哗变》曾获普利策文学奖。
3 伯纳德·马拉默德(1914—1986),美国小说家,以幽默著称,常描写美国犹太人的生活。代表作有《魔桶》《修配工》《店员》等。
4 罗德·麦昆(1933—2015)美国作家、诗人。

伦·托马斯[1]和菲利普·威利[2],马塞尔·普鲁斯特[3]和阿兰·瓦兹[4]。对戴维而言,阅读就是一束照亮广阔黑暗的激光——狭窄、集中、目标明确。快三十岁时,戴维在离开妻儿之后发现了心理治疗,于是精神分析成了他生命中最盛大的戏剧。他汲取着它的语言与见解,就像他阅读文学作品时那样:他在真空中增长了智慧。

他会宣称"愤怒就是恐惧",然后用三段令人钦佩的简洁文字来说明这个优雅的陈词滥调为何仍然值得关注。他会讲出一些警句似的看法:"人们就像被母球击中的台球,向各个方向滚动,不断互相撞击,直到把对方撞飞,满心都是贪婪、羡慕、暴力和嫉妒。"他还会在道德上给我指点:"你观察事物时必须摒弃褒贬与迎拒。"这些精神上的乐趣似乎从未结成硕果,也没能串联成重要的思想。他的智慧就像从主干线中间截取的一段铁轨,上面只有一节车厢,它在

---

[1] 迪伦·托马斯(1914—1953),威尔士诗人,代表作有诗集《诗十八首》《诗集》,广播剧《在牛奶林下》等。
[2] 菲利普·威利(1902—1971),美国作家、编剧。
[3] 马塞尔·普鲁斯特(1871—1922),法国作家,代表作有《追忆似水年华》《驳圣伯夫》等。
[4] 阿兰·瓦兹(1915—1973),英国哲学家、作家、演说家,代表作有《禅之道》等。

两个车站之间来回行驶,模仿着移动和旅程。

与此同时,我难以相信自己跟戴维·莱文森上了床。每次做爱,我都觉得自己既像十二岁,又像三十五岁。我渴望他,与他融为一体,对他欲罢不能。我毫无保留地付出,也不遗余力地索取。我们不分昼夜地做爱,在凌晨三点吃中餐,还会玩《纽约客》的相互分析游戏。后来,我开始抵抗与退缩,像蛇一样攻击他,惊讶而愤怒地发现自己跟他在一起(我是怎么回到这里的,我是怎么回到这里的),但一连好几个月,无论我们说什么、做什么,我都雀跃不已。

戴维是我恋爱史的重演——我觉得他强大时,我就变成笨拙的好斗者;我看到他虚弱时,我又成了满心渴望的女人。只不过,我跟戴维在一起,第一次完整地看到了这个模式。我看到了自己的束缚,也为自己的释放羞愧。当我看清这一切时,我是多么愤怒,又是多么恐惧。我竟是通过戴维看清了一切,这让人无比痛苦。因为我了解戴维。我能想象他的内心世界。我喜欢他的爱好,也知道他的恐惧:这也是我自己的爱好与恐惧。我知道戴维是如何变成了这副模样,在他面前,我也能更清楚地知道自己是如何变成了现在这样。彼此间的这种坦诚了解一度让我们成为朋友。在我们之间,存在一种对共同起点的无言温柔。我们的睡姿象征着我们的关系:我们各自蜷成一团,面对面躺在一起。

一个礼拜一的早晨,戴维离开时对我说:"希望你这个礼拜富有成效、大有裨益、创意无限。"我点点头,张开双臂搂住他,把嘴唇埋在他的脖子上喃喃道:"摒除贪婪、暴力、羡慕或嫉妒。"他红了脸,大笑着抱紧我。但那天即将到来:他不会笑,当然也不会抱紧我的那一天。

我曾向他吐露自己的恐惧与不安,他当时也认真倾听——就像情人该做的那样。但他没有把这些情绪所代表的意义放在心上。我经常出差,他总在等我回家。我想,他开始意识到,我不仅会在工作上与自己旷日持久地斗争下去,而且会一再被工作带离他的身边,但他没有类似的事情可忙,没有什么会把他带走。

我们在一起六个月后,戴维消失了。我没有他的消息,也无法联系上他——不管是打电话,还是写邮件。两个礼拜过去了。有天我打电话过去时,他接了。我刚问了声好,他便含混不清地说起话来。一种结合了心理、宗教与玄学的奇怪呓语似乎控制了他的头脑。我不停问他:"你在说什么?"最后,他用响亮而清晰的声音说道:"你必须祛除你父亲的幽灵。你的阳刚之气和阴柔之美在互相拉扯。你不是一个纯粹的女人。我只能娶一个纯粹的女人。"

我默默听完这个消息。然后我说:"好吧……那与此同时……我们可以只上床吗?"

接下来的那个礼拜六,我们一起度过了疲惫不堪、如痴如醉的二十四小时。我们不停地做爱,他对我喋喋不休。他一遍又一遍地跟我说:"我就是宇宙。你必须向我张开双腿,敞开子宫。你一切的诗意、善良、温柔、进取,宇宙中所有生气勃勃、熠熠生辉、充满活力、美轮美奂的东西,都会在我体内珠联璧合。如果你嫁给我,你的子嗣将刚健强壮,是诗人,是作曲家,充满威严。如果你不嫁给我,他们就会是同性恋,邪恶而病弱。"他对我轻哼、低诉,还朝我吐口水。我们中途出了一次门,是去看电影。他坐在黑暗中,跟银幕上上演的一切没有任何关系,他只是抓着我的手臂,在我耳边低语:"阳刚之气与阴柔之美是一体的。你就是不肯让它们合二为一。在你体内,既有男子气概,也有女性气质,既有光明,也有黑暗,既有黑色,也有白色。让它们聚在一起,你就会成为一个整体,你就会变得完整,你会变成全部,男人和女人,全天下的人类。"

之后的那个礼拜二,我要离开纽约,外出采访。出发前的一个小时,戴维打来电话。

"不要回应,"他压低声音说道,"听我说就好。让我的话在你脑中流淌,正如我教你的那样。让它流淌,一直流淌。然后你再好好想想。"

我咳嗽了一声。

"我说了不要回应!"

沉默,长久的沉默。接着:"你父亲是个巫师,他对了你施了巫术,让你心存愧疚,因此你觉得自己像个笨蛋,总是低人一等。这就是你作为记者的真正使命:你四处旅行,寻找你的父亲,或是他所代表的任何东西。等你找到它,你就会停止旅行。把你卧室墙上父亲的照片摘下来吧。是你心中的巫师让你把它一直挂在那里。摘下它,反过来,正面朝墙。摘下来。记住。别对任何人说。别对你母亲说,也别对朋友说。别对任何人说。只对上帝说。"他不再说话。我不敢开口。接着他说:"再见。我爱你。等你准备好了,我们就生孩子,你就会变成以色列的女王。"

不到一个月的时间,戴维就皈依了正统犹太教。他一夜之间变成了十八世纪的犹太人,穿黑衣服,留鬓角,还蓄了灰黑色的大胡子。我们又见了一次面。在东百老汇一家肮脏的犹太餐厅里,他隔着桌子探过身来，他警告我，我必须成为一个优秀的犹太妻子，否则我的灵魂将会永远迷失。他喷在我脸上的呼吸又热又臭。最后，我感觉到了他的恐慌和强烈的渴望。在内心深处，我只想嫌恶地躲开他。这是最后一次，我想，绝对是最后一次。

"那里有个警察，"我母亲说，"问问他我们该怎么上桥。"

我们走向站在安全岛中央的警察，汽车从四面八方掠过我们身边。

"我们该怎么上桥？"我问。

警察盯着我。"为什么这么问？"他说。

"我们想徒步过桥。"

"你是在跟我开玩笑吧。"

"不，我不是。怎么了？"

"女士，每个礼拜都会有三至七个人在这座桥上遭遇抢劫。你觉得你俩有几成好运？我强烈建议你们忘了这事。"

"那么，"我母亲没精打采地说，"地兰西街什么都没变，是不是？"

"走吧，妈。我们去搭地铁。"

我坐在书桌前，努力思考。我喜欢这么说。许多年来我一直在说："我在努力思考。"就像我母亲说她在努力生活。妈妈觉得，她只要早晨能让双腿离开床，就应该获得一枚奖牌，我想我也是这么认为的——只要我能在书桌前坐下。

在第一大道的那间小公寓里，雾气从窗口涌了进来。水汽让空气变得稠密，浓雾弥漫了整个房间。我坐在那里，在雾气、水汽与迷雾中瞪大双眼。我困在黑暗中，竭力看清自己的思想。每隔几周，就会有那么一小会儿，空气变得清新，而且速度很快！我写下两段可堪一读的散文。时间流逝。许多时间。许多无效时间。终于，写了一页。接着，两页。写完十页，我就冲去打印。我看着印出来的段落：真的是看着它们。多么单薄呀，我想。它是多么单薄啊。我在这里坐了这么久，才写下这几页文字，而它是这么单薄。一位男士对我说："很棒的见解，可惜你没能好好延展开来。"一位女士说："若不是赶新闻截稿日，你能写出多棒的文章啊！可惜没有政府补贴。"我刚想开口说话，痛苦就在我口中融化，它黏住了我的双唇。我要是能说话，我会说什么？我又要跟谁说呢？

我继续"努力"。

离开戴维·莱文森两年后,我在东百老汇的一家餐厅采访了乔·德宾,为的是写一篇关于抗租行动的报道。他是一名左翼工会组织者,很像我年轻时的那些恋人。工会运动是乔的激情所在。他曾是产业工会联合会的官员,他认识每位劳工领袖——从约翰·L.刘易斯到沃尔特·鲁瑟,在历史地图上的每一处组织过工会:三十年代的加利福尼亚,四十年代的密歇根,五十年代的纽约。他比我大二十岁,已婚。年龄差赋予了我控制权。采访结束后,过了一个礼拜,他打电话约我共进晚餐。我们在一起六年。

我们之间的联结直接而原始。未经讨论与分析,我们直接抵达了情感的核心。在一次流畅的运动中,我们既得到了宁静,也收获了亢奋。"到家了,"我的身体告诉我,"我到家了。"

我没问过乔,他的身体对他说了什么,似乎没有这个必要。他几乎每天都来找我,只要说过会打电话或是会过来,就一定说到做到。我知道,他甚至比我更执着于维持这股思恋急流。不安不会让我们放慢脚步。乔在爱情上跟在政治上一样,是个优秀的组织者：他对女人的迷恋仅次于工人运动。换言之，他喜欢在爱的过程中感受活力，并对重新焕发这种朝气的原动力怀有极大的柔情。

我意识到他爱的不是我，也知道他爱的是心中被唤醒的渴望，但我躺在床上暗自微笑，仿佛自己知道的一切根本不是真的。你会以为我是内蒂。"他爱的不是我，"他伏在我的身上，我却暗自思索，"而是我在他心中唤起的感觉。"接着，我对这些想法一概不信。我没法相信。沉醉其中的人没法相信。从某种程度上来说，我不信自己的想法也不全然是掩耳盗铃。跟乔在一起，我更加深刻地理解了一件事："性可以争取时间。"我发觉，我们每次上床，都会卷入一种一再给我们惊喜的情感交流。正是这种惊喜，让我们反复上床，再三索求。就这样，我们一直紧紧相拥，在拥抱中，我们不时凝视对方的面孔。

他有无数的战争故事，并且从未停止讲述这些故事。乔是一个高大聒噪的男人，整个房间都回荡着他的声音，他一直致力于对万事万物形成自己的理解。我觉得他每讲一个老故事，都想在里面找出一些新的东西，好让自己把事情阐述得比上次更清楚。六十在望，这个男人依然不知道什么是静心凝神。他的灵魂需要参与：对每件事他都给予回应。他若是对一场争论的术语感到陌生，或是发现自己身处混乱的环境，或是面对一系列费解的手势，就会迅速翻译术语，厘清环境，做出让自己确信了解一切的解释。他发现自己无法忍受生活在一个难以理解的世界当中。如果他没法理解，他就没法行动，而他需要行动。

在这方面，我们非常般配。我一辈子都不确定该如何行动，但我同样无法忍受没有任何言语回应的生活，一分钟、一个小时、一天都不行：我在每件事情上都有自己的立场。更重要的是，要是对方没有接话，我会无比焦虑。面对沉默，我为了填补自己感受到的空虚，就会用极快的语速连篇累牍地说下去，最后让自己和那些让我觉得我必须不停、不停、不停说话的人一起心力交瘁。跟乔在一起，就像在天堂。我们有一个内在的释放与补充机制。我们聊得如痴如醉，接着激烈而美妙地做爱，然后离开对方的身体，继续聊天。

我们的交谈其实算不上聊天。它由一系列发展迅速的对抗组成，语速很快，声音也大。我们了解的交谈方式其实就是主张、否认、辩护。碰撞越急切——也就是说，越不稳定，越容易爆发；我们就越兴奋、越安心，我想我俩都是如此。我们这种把事情争论到底的欲望是一把尺子，它能测出我们都拥有的那个武器——表达能力——是多么必不可少。如果我们能说服对方像自己一样看待某件事，这个世界就会蓦地转动起来，所有阻挠我们的事物都会一扫而空，去了再也伤害不了我们的地方。

我们总在争吵，对于这个事实，彼此却未留心。我们自嘲，好一双老套的社会人物：在情欲大战中僵持不下的女性主义者和左翼分子。我们以为，我们是因为一直聊天，所以紧密相连，事实上，我们只在床上紧密相连。一旦站起来，我们就开始捍卫自己的立场。现在回想起来，在如此混乱的情况下，惊喜还能接踵而来，实在了不起。

我们相恋的第六个月，或是第八个月，有天我们出门散步，遇到了我的一个同学。她提议一起喝杯咖啡。乔觉得自己有社交义务，同时也想吸引我的朋友，于是接管了整场聊天。换言之，他不让对话自行发展。如果我们当中有人说："人行道上有块香蕉皮。"乔就会说："一说香蕉皮，我就想起了在密歇根州弗林特度过的日子，当时……"他用二十分钟讲了一个劳工故事。我的朋友一脸困惑。乔没有发觉。几分钟后，他又重复了一次这样的行为。如果我俩单独在一起，我会冲他发火。但当时我只是沉默地看着他。我开始站在那位朋友的角度观察他。我听他说话,就像我想象中她听到的那样。我想象着她的看法:这是个专横的咆哮者,大家都不想跟他扯上关系,只想转身躲开他,太令人疲惫了,根本无法跟他产生共鸣。

突然我觉得很孤独,非常孤独。"我们回家吧,"跟朋友分手后,我说,"我不舒服。"乔抬手拦下一辆出租车。一到家,我就扯掉衣服,把他拽上床。

"我以为你不舒服呢。"他说。

"只要跟你做爱,我就会好起来的。"我解释道。

但我没能好起来。我依然感到孤独。乔没发现。他靠在枕头上,在床上伸长双腿,喋喋不休,给密歇根州弗林特的故事添枝加叶,他一边说,一边不经意地抚摸着我。我躺在他的胸口,越来越感到与世隔绝。

"哦,别说了!"我喊道,"请别说了。别说了!"

乔话说半截便闭上了嘴。他把头往后靠,用自己的目光搜寻我的眼睛:"怎么了,亲爱的?"他问。他从未听我用这样的音调说话。

"听我说,"我恳求道,"听我说说吧。"他对我点点头,没有把目光从我的眼睛上移开。"你一点都不了解我,"我说,"你以为我是一个志得意满、侃侃而谈的自由女性,你以为我跟你一样傲慢自信,你以为我能随时出发，跟你一样走遍世界，可这根本不是我。现在，跟你做爱让我感到孤独，你不知道我究竟拥有怎样的生活。"他又点了点头。

接着我告诉他，我曾多么渴望拥有他这样的生活，可我从来没能实现；我一直觉得自己微不足道，被埋葬在黑暗之中；无论我制造多少谈话，都不能消解孤独。我告诉他，有时我在半夜不由自主地醒来，坐在床上，一个人待在世界的中央。"人都去哪儿了？"我大声问。我必须念着"妈妈在切尔西，玛丽莲在七十三街，哥哥在巴尔的摩"，才能平静下来。而这份名单，我告诉他，实在可悲。

我说呀，说呀，说了很久很久，没有停顿，也没被打断。停下来时，我感觉自己如释重负（现在虽然孤单，却并不孤独），但很快，我开始感到尴尬。他沉默不语。哦，我想，你多傻啊，竟然跟他说这些事。这些话他一句也不喜欢，一个字也不欣赏，他甚至根本不明白你在说什么。然后乔说："亲爱的，你的内心世界是多么丰富。"我睁大了眼睛。我消化完这句话的意思，高兴地笑了。他心里有这么一道宣判！而且他说出了心里的宣判。就在那一刻，我爱上了他。我第一次对他有了爱意。

"他的妻子怎么办?"我母亲问。"你怎么办?"我的朋友问。我在街上遇到一个熟人,她戴银耳环,有一头灰色卷发,她眼里闪着兴趣,笑得温暖而会心。"你要有很强的耐力与自制力。"她说。这个女人更了解其中关窍。

我身边的每个人都认为,乔的妻子就是那个妻子,而我是另一个女人,乔是注定落在我们其中一人手里的奖品,但情况并非如此。为什么,我想,为什么我应该希望他离开妻子?到时我该怎么办?把他领回我的公寓?它太小了。而且,我或许不喜欢独自入睡,但依旧喜欢只身醒来。是的,他的离开令我痛苦,但没那么痛苦。现状正合我意。而且,这也很有意思。

对我而言,乔的妻子是一个抽象的存在。对她,我既无愧疚,也不嫉妒。这是因为我不会为乔吃醋,他在生活上的天赋(他那种组织工会和谈情说爱时都会运用的天赋)包括绝对可靠和情绪极其稳定。乔是一个欲望强烈、精力充沛的男人,他有充裕的时间和每个人好好相处。他在我身边的时候,是如此心无旁骛、毫无保留,因此他离开后,我既不觉得他被夺走了，也并不渴望独占他。情人不在眼前时，究竟在做什么？平生第一次，我不大在意这件事；事实上，这不关我的事。这成了一种经历。

想象一下，我完全活在当下，除了明天早上的来电，我没有得到任何正式的保证，而我发现自己饶有兴致，不是伤心难过，不是泪眼婆娑，不是惶恐不安，也不是火冒三丈，只是饶有兴致。我推测，这是一种显然没法达成一致的情况。事实上，人从来没法达成一致。这段感情只是赤裸裸的、未经粉饰的事实。你能接受吗，还是会因为缺乏幻觉而败下阵来？的确，回答这个问题需要耐力与自制力。我接受了这个任务。我开始理解什么叫没有前景的生活：我们没有多少时间能浪费在不良行为上。我发现，错误的冲动在造成麻烦之前就已经夭折，还发现，油然而生的怒气让位于深思熟虑的理解。我发现细小的放纵均胎死腹中，一种粗略的情感公义占了上风。我发现了这一切，也很乐于发现这一切。接着有一天，我同样发现，学着去过没有未来的生活是一种全然徒劳的练习：看似生活在被墙围住的花园里，实则身处修葺一新的监狱大院。乔的妻子依然是一个抽象的存在，但乔的婚姻成了一宗惊人的禁锢。

我们占据了一个宇宙，在这个宇宙当中，只有一个房间,也只有一个季节:工作日下午我的卧室。随着时间的推移,我们在这个宇宙中所占的空间越来越大。渴望复制渴望,欲念叠加欲念。我们怎样都不满足。因为我们得到的不够多。我一直想要更多。"不是更多,"一个朋友平静地说,"足够,你想要的是足够。"过了一两年,我意识到,我想要的不是更多,甚至也不是足够,而是一个更广阔的世界,好让我们的种种感情在其中漫步。生活需要空间——一个可供探索和自我发现的地方,就像需要空气和光线。我们情感生活的探索边界由乔的婚姻划定,那些边界正在收紧。无论我们的感情有多深,我们的爱都不能制定法律,也不能绘制疆土。它没有可供穿越的经验之国,没有可供抵达的海岸,没有可供穿透的中心。我们在一片面积未知的丰饶大地中央,拥有一个小小的内部空间。在这个空间的四周,存在固若金汤的疆界。爱也许会增强,但它永远不能扩展成一方依自己形状塑造的领土。限制早已预先设立,这个事实深深地刺痛了我。

大约也是在那个时候,我意识到,那个供我的思想在其中存亡的矩形也是一个小小的内部空间,我的工作将自己塞了进去,而不是在自由自我的巨大身体中凿出它所需领土的形状与范围。

有那么一阵子,我退开看自己。我发现我悬在自己的生活里。而我的生活,只有一小部分是真的,其余都是我幻想出来的。乔,我在书桌前度过的时间——它们都是我实现宿命的努力。我退得更远,发现我无法想象自己要怎样占有更大的领土,不管是在爱情里,还是在工作中。

因此,我年近不惑时,开始生活在对事业与爱情的幻想之中:丰富、梦幻、少女,这是对贫瘠现实的一种必要补充。这种情不自禁的白日梦一体两面,让我发现了一个重要的后果。

我跟乔恋爱两年后的那个夏天,有个礼拜我发现工作异常顺利。我一坐在书桌前,就能全神贯注。我没有看着那些文字发呆,也没有深陷迷雾与疲惫,坐在椅子上挤牙膏。相反,我头脑清醒,每天早上一坐定,便一个小时接一个小时地工作。矩形敞开了,而且一直敞开着:中间矗立着一个想法。一种剧烈的兴奋在那个想法周围成形,它吸引了我。我开始就这个想法展开想象,我冲到它的前面,早在它被阐明之前,我就开始想象它全部而独特的力量与影响。一些意象从想象中诞生,这些意象又催生了完整的构思与语言，每当它重复自己，我都惊叹不已。那个礼拜快结束时，我桌子上已经出现了一大摞手稿。礼拜五下午，我把那个作品收好。礼拜一的早晨，我看着它，发觉那几页文章虽有可取之处，但构思并不周详。这篇文章完全不行。我必须放弃自己已经完成的一切。我心灰意懒。那段灵感迸发的劳作时期宣告结束。黑暗和水汽再次向我逼近，矩形也已萎缩，我又开始痛苦地利用短暂的清醒时刻，就像往常那样，就像从来如此。不过，我在幻想的魔力下度过的那些个钟头，回想起来依然引人入胜。幻想催生的持续努力，让我变得更加有力。

也是在这段时间里，我与乔的激烈程度，达到了一个新高度。每天下午四点钟，我们燃烧，我们沉溺。似乎在那段危险的日子里，我们正要走向一个高潮。晚上他与我分别，我就趁着最后的天光去街上散步，幻想着我俩在一起的画面。此刻在一起的我们，未来在一起的我们，散步的我们，床上的我们，嬉闹的我们。我们。那个礼拜，紧张的兴奋、忧伤的甜蜜、直白的渴望，全都涌上我的心头。接着有天晚上，我悲伤失落，我开始害怕独自在街头散步，在脑中幻想着一个当时在别处，并且永远在别处的男人的生活。我打了个寒颤，感到恶心，胃也疼了起来。那天夜里我早早上床，不断从睡梦中醒来，发现自己又一次置身空旷的大地。整个星期我的身体都蜷缩在梦幻启示的深水波浪旁，最终它变成了一袋蚕食我内脏的虫蚁。哦，我想，这真——恶——心。

我起身下床，在日记里写下："爱是一种被动感受生活的功能，需要一个理想的他者才能获得圆满的解决方案：我们天生如此。工作是一种主动表达生活的功能，就算一事无成，行动的过程依然会令人增长知识。一个人只有在无法进入想象的生活时，才会全力以赴地追求爱情。"

凌晨四点，我坐在书桌前，看着记事本、书架，以及井然有序的舒适工作场地，我想：妈妈在爱情的神龛前顶礼膜拜，但她一生的百无聊赖却将她彻底暴露。

我回到了床上。到了早上，我会继续努力。永远是"到了早上，我会继续努力"。永远不是现在。不是为了工作，也不是为了乔。我当时没有发觉，这两者都是我逃避其中一方的手段。跟乔在一起，我幸福极了，避免了持续劳作的纯粹痛苦。跟工作在一起，我武装自己，抵御爱的"侵袭"：一个已婚男人刚刚好。许多年来，我一直在说：到了早上。而这个早上，当然从未来临。

乔是我见过的最善交际的男人。他对生活的感觉是无差别的：在任何既定的时刻，二十五个人之中的任何一个都可以替补妻子、情人、朋友的位置。人类的幸福建立在一种特定的联结或环境中——这种想法他认为非常幼稚。他说，关键在于，要在被分派到的空地上创建尽可能丰富的世界，无论那块空地有多小。对于我们的禁锢，他不像我那样感到痛苦。相反，他对自己说："这就是我们必须努力的地方，让我们看看利用已有的资源能做到多好。"然后，他便全力以赴。

他从未停止给我传递生活，向我兑现生活，为我创造生活。他总在创造给我们的交流带来火花和维度的便利与快乐。我们在床上喝香槟，去市区吃牡蛎，还会临时到海边旅行。他给我捎来我需要的书，每天向我的邮箱发送剪报，在我最意想不到的时候安排共度良宵，第二天一早还会准备早餐。对我来说，我们的情感生活是一个引人入胜的项目，对他来说同样如此。他喜欢这种广泛的讨论，并毫无畏惧、不设防备地参与其中，很快，他便让我迷上了此种交谈为我提供的定期补给。

他费尽心思,不仅是为了让自己每天都值得信赖、充满爱意,也是为了思考如何让我们拥有更多,见他这样,我心中不免泛起温柔的愉快。乔从未觉得自己得到的不够多,但他也想得到更多,而且他总是纵容自己去争取。关于这种纵容,我没有仔细琢磨。我只是顺其自然地享受它给我们带来的好处,这仿佛也很自然。

我们在一起第三年的秋天,有天乔告诉我,他的朋友有一艘船,他正考虑将它买下。那艘船泊在加勒比海,两个礼拜后乔会飞过去看看。"跟我一起去吧,"他说,"会很开心的。我们可以一起待上两三天,也许可以待更久。"我当时没有工作任务,这个提议就像一个意想不到的礼物。我将他亲了又亲。多么可爱的男人,我想。总在寻觅惊喜。

礼拜二的下午,我们飞往加勒比海。那天晚上,我们在一个俯瞰蓝绿色海湾的露台上用晚餐,在刷得雪白的房间里做爱,夜晚的空气透过打开的百叶窗吹了进来,柔和而芬芳。幸福。礼拜二晚上幸福。礼拜三一整天都幸福。礼拜四也幸福。到了礼拜五早上,我们准备动身回纽约。我们收了行李,退了房,开着租来的车去机场。突然之间,我一想到要回去,就难以忍受。我把手搭在乔的胳膊上,恳求道:"我们一起在这儿过完周末吧。给你的妻子打电话,跟她说,你还需要一两天来定夺船的事。"

乔朝我侧过脸来。我看到他额上的眉毛蹙了起来,眼睛也眯了起来。"亲爱的,我不跟你一起回去,"他说,"我妻子今晚过来。"

他的语气令我终生难忘。里头有一种略带困惑的烦躁。仿佛他根本已经跟我说过此事,而我不知为何竟然忘了。后来我回想起这件事,心中浮现五个大字:煤气灯效应。

"什么?"我问,"你说什么?"

"我说我妻子今晚过来。我告诉过你的。我确定。"

"你怎么敢这样!"我说,"你他妈的怎么敢这样!"

他差点冲出马路。不过,他在路边停下车,把脸埋在手心。我凝视着窗外一览无余的热带早晨,热浪和薄雾轻轻浮动。

"我一定是忘了,"乔说,"原谅我。我相信这是一次有益的疏忽。我之所以会忘记,是因为我觉得,这事一旦被你知道,就会毁了我们在这里的美好时光。"

"卑鄙。"

"为什么这么说?"他喊道,"这有什么卑鄙的?我不过是希望我们玩得开心。我觉得,假使你知道我们不会一起回去,我们一定没法这么开心。所以,这有什么坏处?我们的确度过了一段愉快的时光,不是吗?"

"你摆布了我。你隐瞒了信息。我们度过一段美好时光比我知道自己应该知道的一切更重要——这是你一个人的决定。对你来说,当时的情势比我更重要。"

"不是这样的。"他说。

然而,事实就是如此。对乔来说,情势永远比身处其中的任何人都重要。因为我们一直在卧室里度过,所以直到现在,我才有机会亲身感受到心里早已明白的事情。

我母亲很高兴我有人可爱。一开始,她对我的态度就跟对斯特凡一样严厉,甚至更严厉。"所以,偷走别人的丈夫是什么感觉?"但她比以前更加迅速地从对我和男人的莫名愤怒中恢复了过来。我摔门而出时,听见她喊:"回来!回来!我不是那个意思。"

她的确不是那个意思,似乎没过几分钟,她就接受了我们的关系,还欢迎乔去她家做客;事实是,她非常希望乔能过来。对她来说,乔是一个迷人而入世的人物,一个兼备力量、目标和胆识的男人。她笑得花枝乱颤,佩服地说道:"这个男人实在厚脸皮!"

她忍不住要跟家里人八卦。叔叔阿姨问起我时,她用满是弦外之音的语气说道:"别问。"这立刻吸引了他们的全副注意力。然后她告诉他们,我已经成了一个浪漫悲剧故事的主角。亲戚们自然当即为她敲响了道德警钟:一个已婚男人,这是个惊人的消息,是一宗丑闻,家族里从没出过这样的事。妈妈生气了(剧本可不是这样写的),倨傲地宣布这件事有她不能随意讨论的隐情。他们可以自行判断,乔的妻子是不是疯了,或是得了梅毒,或是长期处于某种不为人知的状态里。

乔的妻子的确是个问题。一旦妈妈站在了我们这边,她那种我们在伤害他妻子的信念就给她造成了痛苦的冲突。她反复梦见"那个妻子"拿着枪站在我家门口并一枪射死了我,就这样,她解决了自己的冲突。

妈妈知道乔是一个充满欲望和意志的男人。她看得出来,他总是把控谈话方向,爱抢别人风头,还会为了得到自己想要的东西,不遗余力地耍政治手腕;

但她认为，不值得在这种不那么迷人的性格特征上"坚持原则"。她认为，把自己的意志强加给我这种事根本微不足道。男人嘛，她耸耸肩。这有什么大不了的呢？他爱你吗？他对你好吗？所以他想表现得像个男人。那就随他去呗。对你又没有坏处，这根本没什么。

我们交往的第四年，乔的妻子突然得了重病。大家以为她快死了。乔惊惶失措地走来走去。他对妻子怀有很深的感情，只要她活着，他就绝对不会弃她而去。他为她担心不已，生怕她会殒命。然而，他的思绪是混乱的，情感是矛盾的。关于这个转折对我们的潜在意义，我们只字未提，但都充满期待。我们虽惊恐万状，却满心期待，大家心照不宣，开始表现得仿佛我跟乔就快结婚了似的。

这段日子里，有天下午妈妈和萨拉顺道过来喝咖啡。这对姐妹总在一起，也总在争吵。她们之间的寻常谈话都是有趣的挑衅。"有个男孩倒在了大街上，"如果萨拉说，"翻着白眼，四肢乱舞。这是我第一次亲眼见到癫痫发作的样子。"妈妈就会这样反驳她："你在说什么？你知道你在说什么吗？你看到的是瘾君子。你知道什么是瘾君子吗？"于是萨拉摇摇头："你母亲。她觉得只要洋葱没长在她头上，她就是拉比的妻子。"我一直很喜欢她们过来做客。

四点半，乔闯了进来。"抱歉，"他笑着说，"希望没有打扰到你们。我今早很幸运，签下了一份已经争夺好几个月的合同。我觉得我们应该庆祝一下。"他从纸袋里取出一瓶葡萄酒，在房间里迅速地走来走去，一边不停说话，一边在茶几上摆好四个酒杯，他打开酒瓶，斟好酒。

妈妈眼里闪烁着愉快的光芒。对她来说，乔一直像个节日。她从他手里接过酒杯，大口品尝里面的液体。

"哦，不!"萨拉脸涨得通红，"我不能在大白天喝酒。"

"哦，你可以的。"乔把斟满的酒杯递给她。她勉强接了过来。

我和乔互相举杯致意。大家都喝了。乔喋喋不休，我和妈妈给出了恰当的女性回应（多棒啊！你不会真的吧！这太棒了！），但萨拉变得异常沉默。看到我那健谈的阿姨突然沉默下来，我一阵心痛。

我们的杯子都空了，这时乔再次举起酒瓶，伸手斟酒，先是为我。我伸出酒杯，迎向他抬起的手臂。他给我倒了酒。然后他把酒瓶举向妈妈。她说："不喝了。"萨拉非常惶恐，挥手阻挡。"啊，来嘛，"乔说着，把酒瓶按在妈妈的杯子上。"哦，好吧。"妈妈咯咯笑起来。他往她的杯子里倒满酒，然后转向萨拉。她坚定地说："不，谢谢。我不想喝了。"

"啊，来嘛，"乔一边说，一边向她倾斜酒瓶。萨拉拿手挡住杯口。"不了，"她说，"我不能喝了。"

"告诉我，乔，"妈妈说，"早上跟老板们谈得怎样？"乔哈哈大笑，第三遍为她讲起这个故事，但一分钟后，他又拿着酒瓶转向萨拉。

"来嘛。"他说，

萨拉惊呆了，但她再次用手挡住杯口，摇了摇头。"我真的不想再喝了。"她说。

"你想喝的，"乔说，"你只是不好意思。"他开始用瓶口轻轻推搡她的手，"来嘛，来嘛，来嘛。"

妈妈低头看着自己的杯子。萨拉看上去无比困惑。

我把手放在乔的手上。他看向我。"她是一位成年女性，"我说，"如果她说不要，就是真的不想要。"

我说完后，有那么一会儿，我们谁也没有动弹，我的手握着他的手，我们四目相对。然后乔收回自己的手，微笑着说："明白嘞。"他是个好脾气的男人，真的，除了这样，他不知道还能怎样。

五点半，他们三人起身离开。乔帮萨拉穿上外套,我帮妈妈穿上。他们走向电梯的时候,我就站在门口。妈妈在过道上走到一半,忽然停了下来。"我把钥匙落下了。"她喊道。她走回我身边,我看到钥匙就在她手里。她从我身边经过,进了屋,神情慌乱。"我把它落在哪儿了?"她问道,仿佛是在自言自语。

"妈,钥匙就在你手里啊。"

"哦,看在上帝的分上!"但她站在原地,看上去很困惑。接着她把手放在我的胳膊上。"不要结婚。"她说,然后飞快地从走廊上逃走了。

乔的妻子没死。她康复了,在她病愈后,我们跟之前一样,继续着过去的探索方式,从第四个年头走向第五个年头,再走向第六。我们之间是一种原始的能量交换——热火朝天的交谈、极度愉悦的性爱,它的性质从未改变。时不时地,我们其中一人会穿过喧嚣和烟雾,瞥见另一个人理解世界的方式,那一刻,我们会感到在一连串思想的尽头,有一颗跳动的心脏。但那一刻必然会消逝。如果我们倾听对方说话的时间太长,就会发现自己已经心不在焉。我们爱的正是我们之间的原始能量。争吵让我们兴奋。

说到底，在这段聒噪、复杂、充满对话的情事中，将我们联结在一起的依然是情欲。如果我们其中一人在床上再也没了欲望，那么，如此热烈地聊了几个小时、几天、几个月、几年的我们必然会对彼此失去兴趣。我知道，这就是我们之间更深层的真相，我经常将它宣之于口，但我似乎并不知道这些话的真正含义。在灵光乍现与采取行动之间，蔓延着数英里有待跨越的焦虑。

"我们的联结是情欲的。"我不时这样说。

"是吗？"乔饶有兴致地问道。

"我们都不会回应对方思想或精神的具体形态与具体内容，我们只用性交流。"

他大笑不止。我在自寻烦恼。

"是的，亲爱的，"他耐心地说，"男女交往就是这样。联结，如你所说，是情欲的，可那又怎样？你这样描述我们的关系，是想说明什么？"

"我讨厌这样，"我说，"我觉得这是一种侮辱。我一直觉得这是一种侮辱。"

"好吧，那么，"他说，"我猜你只能继续被几千年的历史侮辱下去了。"

我没再反驳，而是陷入了安静的消沉，只有当我感到自己在对话中被逼得走投无路，或是完全沉浸在自己的思绪之中，或是我的存在遭到泛化（"你们女人……"），我才会短暂地奋起。接着，我会再次安静下来，一连几个月都不再想这些事。情欲的联结自有它的优点，而将它的优点与这些缺点相权衡，也是在所难免。

首先，性爱本身极其重要。欲望确保了柔情。柔情排除了危险。一旦远离危险，我就可以自由地退回我那引人入胜、沉醉其中的隐秘生活。在床上，我不必非要做自己。我可以失去自我，但我依然安全。等我走出那种忘我，乔就在这里紧紧抱着我，他刚刚再次证明了自己的生命力，这时的他比任何时候都更值得信赖。

我不必非要做自己。跟乔在一起，我第一次感受到不必做自己的诱人之处：一种纯粹的解脱。我一生都在怀疑自己不够有趣，不够特别，不够有天赋，没法在友情或爱情里留住那些朝我走来的人。我可以吸引别人，是的，但是我能留住他们吗？我从不确定。现在，我似乎不必确定。情欲的联结带来了暂时的解放。我不再被那种必须赢得兴趣或尊重的巨大压力包围。交易已定：我可以放松地投入其中。我看到了婚姻的强烈吸引力。以自己的身份参与，并且只能以自己的身份参与——这不再是必需：另一半可以承担这个任务。在这个世界的广阔大地上所遇到的人，再也不会让我陷入危险。

这一切都很有趣，但在内心深处，我将它们拒之门外。到了第六年，我开始单调而规律地重复"我们的联结是情欲的"，现在我的声音里总是有一种沉闷的怒气。自然，我的意思是，我自己并不是在缔结情欲关系。我们的争论开始令我厌倦。它没能引发碰撞。我不再以可预料的速度或激情爆发。我们突然度过了糟糕的一周，没有上床。接着我们会见面，但我提不起精神，也找不到方向。乔的注意力直接变得涣散。我们勉为其难，聊了一个半小时。

"我们刚刚不在状态。"我们其中一人说。

"处在低潮。"另一个人附和。

"下个礼拜就会恢复原样的。"

下个礼拜，我们的确恢复了：但只有一两天如此。

我们的关系渐渐转淡，彼此也心知肚明。气氛被困惑与悔恨污染。我忸怩地说："我们不能一直这样下去，你知道的。"乔坚决地说："我们现在就分手吧。"但我们继续来往。

有天晚上，我接到了朋友琳达的电话。"你跟乔一切还好吧？"她问。

"当然啦。为什么这么问?"

"他最近老给我打电话。"

"他老给你打电话,什么意思?"

"他想跟我约会。现在我收到了一封令人不安的信。"

我的心猛烈地撞击着胸腔。"你是说,他在跟你调情?"

"我不确定。但我觉得是的。"

"太不可思议了。他怎么能跟我的朋友调情?"

"我也是这么想的,但信上的话太挑逗了,我觉得我应该告诉你。"

"是的,当然。谢谢,谢谢你打给我。"

琳达是一位劳工记者,乔经常在我家见到她。也许他的电话跟工作有关。是的,一定是这样。一定是跟他的工作有关。他这个礼拜就会跟我提起这事的。

但他那个礼拜没有提起,接下来的一周也没有。在此期间,我见了琳达一面,读了那封信:那是一封直白的恋爱邀请函。

我告诉乔,琳达给我打过电话,我看了他的信。他非常震惊:"她给你打电话了?真不敢相信。这算哪门子朋友?"

"好朋友,就是这样的朋友。"

"在我的字典里不是这样。"

"你的意思是,她应该保持沉默?"

"正是这个意思。"

"不是你不应该跟她调情,而是她应该保持沉默,是这样吗?"

"哦,不,别这样。我不打算为我自己辩护,事情就是这样。这些年来,我面对妻子并不内疚,面对你也不会。我和你貌合神离很久了。就性而言,我觉得我是自由之身。"

"可为什么是我的朋友?难道你不明白这就过分了吗?"

"一点也不。除了朋友的朋友,还能被谁吸引?我被琳达吸引并不是罪过,她告诉你才是罪过。我不明白为什么一个朋友会想告诉你一件必然会伤害你的事。"

我盯着他。他是真的不明白为什么。

"如果琳达保持沉默,"我说,"你们就有了共同的秘密,我也立刻失去了平等的地位。我就成了被骗的妻子。那是一个什么都被蒙在鼓里的人。你对琳达的误会为什么这么深,竟以为她会这样对我。为了什么?苟合?"

"胡扯。我完全不是这么想的。如果她不想答应,没问题。只要她守口如瓶，我们就能像从前一样交往下去。我一辈子都在跟我朋友们的妻子调情，当然，也跟我妻子的朋友们调情。从来没有哪个妻子跑去告诉她的丈夫，也没有哪个朋友跑去告诉我的妻子。认为打电话揭穿恋爱企图就代表了'正直'，这根本就是恶意的无稽之谈。"

"你这么说，是因为你一辈子都活在婚姻至上的已婚人士当中。对你们来说，婚姻中的男女所忍受的屈辱没有婚姻本身重要。这太不友好了！为什么我和琳达也要认同这样的价值观？你以为我们生活在一个什么样的世界？"

"我不知道你到底在说什么。这样的事，每天都在发生，每时每刻都在发生。这就是世界运行的方式，最基本的驱动力，跟友谊没有任何关系。"

"我想这就是关键，"我缓缓地说，"我们聊到了问题的核心。我觉得你跟我的朋友调情显然会伤害我，但你觉得没关系，因为你认为，爱与友谊无关。"

"你真傻，"乔轻轻地说，"你知道这么多道理，却依然不知道爱是一种对立关系。爱情里没有友谊可言。"

"我不接受这样的定义，"我说，"我绝对不接受。

如果爱只是浪漫的依恋,那就去他的吧。"

"你真孩子气,"乔说,"爱就是那样。除此之外,没有别的办法可以拥有爱。"

"那我就不要爱了,"我说,"我没法以这样的方式生活。"他没有回答。我们面对面,沉默了很久。

"我也可能成为那个蒙在鼓里的妻子,"我说,"我想这是不可避免的。"

"总有人是这样的,"乔说,"有时候那个人甚至是我。"

我们陡然走到了终点。

我想穿上运动鞋,走遍整个世界,从炮台公园一直走到乔治·华盛顿大桥,但疲惫的重击让我倒在沙发上发呆。那时我感受到了真正的绝望。无论我怎样竭力让自己变得不一样,但最后似乎总是像妈妈那样:躺在沙发上发呆。尤其是当我发现跟乔睡觉就像跟我父亲睡觉一样。不是因为他年长且已婚,而是因为他的人生观不可避免地写下了这个等式:男人—丈夫—爸爸,女人—妻子—孩子。

我回顾了自己与几个男人——斯特凡、戴维、乔——的感情史。虽然他们看上去是如此各不相同,但我在这几段感情里什么也没学到,我只是一直和他们躺在一起。仿佛我是故意选择了这样的男人:他们会确保让我回到这种因爱情告败而沮丧无力的时刻。

过了一会儿,我从沙发上站起来。我没有出门徒步——我感觉自己在沉过船的海洋上随波逐流,离坚实的地面是如此之远——但我的确在书桌前坐了下来。我坚持着每天的努力:我也没法做得很好,然而我从未怀疑,书桌虽不是令人满意的爱情解决方案,但它是我潜在的救星。

我走进一位心理分析师的办公室。我把一切告诉了她。然后对她重复了一遍。接着,又一遍。每次我向她倾诉,她都会问:为什么?

为什么?我茫然地重复。

是的,为什么,她平静地回答。

她一直在问我为什么。为什么呼吸不畅。为什么只有这个矩形。为什么只有这个一直受到攻击的狭小内部空间。为什么这个空间没有扩展,没有填满你的生活。为什么。

当这些"为什么"落在我身上时,我在奔跑,跑过城市的街道,也跑过生命的街道。我被拴坐在书桌前,奔跑。气喘吁吁,筋疲力尽,手忙脚乱。写下来!写下来!没时间了,呼吸不畅。也许未来某一天会有时间,也能呼吸,现在,只要把最基本的框架写出来。矩形在收缩。快点工作,再快点。我做不到。我的腰好疼。我几乎无法坐在打字机前。我觉得不舒服,我快晕倒了,坚持住,再在打字机前待上半个小时,然后我会瘫倒在地。我最好把自己跟打字机拴在一起,不然的话……

为什么,她问,为什么要把自己拴在打字机上。为什么要争取时间和呼吸。为什么只有狭小空间里的一小段精彩文章,而周围都是关于恐慌和窒息的浮夸辞藻。

那个矩形,我最终解释道,它是我自身国度里的一个逃亡者,一个颠覆分子,一个非法移民。它不具公民权利。它总是在逃跑。

"那么,有丈夫的女人呢?"她问,"她是本国公民吗?拥有所有的权利吗?"

"我想……也许是吧……可能是的,"我惊讶于声音里的悲伤,"或许你是对的。可能就是这样。"

"好吧,那么,让我们把你嫁出去,"她立刻说,

"没什么比这更简单的了。"

"不!"我激动地喊道,"不,不,不。一千个一万个不。"

"那,好吧。"她说。

"我好像没办法结婚,"我一手握拳,用它击打另一只手的手掌,"我没法让这个移民入籍。"

她再一次问出了为什么。

这一次,在她问为什么的时候,我看到自己跟妈妈、内蒂一起站在门厅,充斥着威胁与焦虑的微弱阳光洒在我们的身上。那个门厅。它是一种香精,一种芬芳的乙醚。我将它吸进体内。它令我激动,也令我镇静。我站在那个门厅里,兴奋而专注,悬在半空,无法动弹。

为什么,她说,我想知道为什么。你为什么不离开那个黑暗狭窄的走廊?

母亲在空中浮现,她的面孔温和柔弱,还有一种悲哀的智慧。她探过身来,全神贯注。她跟我一样,对这个问题很感兴趣。但我保持缄默。我没有答案。

然后分析师问,那,男人呢?

男人?我茫然地重复道。

是的,男人,她平静地说。

哦,看在上帝的分上!我爆发了。男人我也离不开。我将语速放得更慢。说这话时,我才意识到,我所说的都是真的。不,我轻轻地说,我觉得我也学不会离开男人。

你必须,她比我更小声,你必须工作,就像你必须去爱。

妈妈和内蒂紧紧地抱着我。是的,她们微笑着,在微弱的阳光下伸出手臂拥抱我。你必须这样。

年岁渐长,四十六,四十七,四十八。没有过往,只有滚滚向前的现在……七十八,七十九,八十。八十。天哪,我的母亲八十岁了。我们静静地站着,看着对方。她耸耸肩,坐在了客厅的沙发上。

今天下午她来到我家,我们喝了一杯,在附近用了晚餐,然后我陪她走回家。她煮了咖啡,我们聊天,看照片,一部分是老照片(美国,1941),一部分是更老的照片(俄国,1913),我们一起阅读一沓信件,在我有生之年,我们已经将它翻阅过不下五十次。信是一个叫诺亚·谢克特的人在1922年写给她的,他从前是罗马尼亚的文学教授,当时在我母亲任会计的那家面包店当文书经理。这些信非比寻常:那是一个住在布朗克斯的孤独男人写下的十九世纪浪漫幻想,这个男人有一个不聪明的妻子和三个嗷嗷待哺的孩子,自己脑子里却都是易卜生、高尔基、莫扎特,每天半夜,他将自己的衷肠写予那个长着一双棕色眼睛的、虚荣的空容器(我十八岁的母亲),她会在早上八点读完这些热情洋溢的心声,然后上班,见到那个写下心声的男人,他穿着笔挺的高领衣,古板而正式,看上去就像保险公司的弗兰兹·卡夫卡。现在,六十年过去了,我拿着几百页泛黄的信纸,上面写满潦草的欧洲笔迹,黑色的墨水早已褪成褐色。我读着诺亚·谢克特在午夜时分的迫切希望,他渴望让我母亲明白他的内心是多么充实,因为他刚刚在十四街的剧院看过易卜生的《布朗德》,他也必须让我母亲知道,那些演员是如何绝妙地演绎出了这出伟大戏剧的根本意义。信件和照片包围了我们(我能想象她第一次读信的样子)——那些碎片片段和故事把度过的生活与没能过上的生活讲述了一遍又一遍。尤其是没能过上的。

一种悲伤沉默的凝重氛围整晚笼罩着我的母亲。她今晚看上去非常漂亮——柔软的白发,柔滑的皮肤,那张饱经风霜的面孔竟又饱满了起来——但岁月在她心中拖拽,我在她眼里看到了困惑,持续的困惑。

"一辈子过去了。"她静静地说。

我太痛苦了,乃至不敢琢磨。"没错,"我镇定地说,"不是度过了,只是过去了。"

她柔和的面庞板了起来,变得轮廓分明。她看着我,用意第绪语强硬地说道:"所以你要写下:从一开始,就已彻底失去。"

然后我们沉默地坐在一起,彼此没有交流,成了两个一心凝视晦暗往昔的女人。我母亲看上去既不年轻也不苍老,只是全神贯注地想着自己看到的可怕景象。我不知道在她的眼里,我又是一副什么模样。

我和她，我们以前总是在散步。现在我们不再总是散步。我们也不再总是争吵。以前我们总是在做的事，现在我们不再一直做了。再也没有"总是"了。固定的模式开始瓦解。解体自有其乐趣与意外。事实上，意外成了我们如今的关键词。我们不能指望变化，但可以指望意外。然而，我们也没法总是指望意外。这让我们时刻保持警惕。

有天晚上，我和一位老友去看她，这个朋友跟我一起长大，我和妈妈都已与他认识了三十年。我有心用了"认识"这个词。此人有点疯狂。当然，他是一个优秀的疯子，但毕竟还是个疯子。他跟戴维·莱文森一样，在真空中接受教育，说的全是想象力丰富的胡言乱语。只有这样，他才能熬过寻常日子里的日常焦虑。

我们在喝咖啡，吃蛋糕。我吃了很多，事实上，我在狼吞虎咽。我母亲看着我，快抓狂了。她喊道："别吃了！看在上帝的分上，别再这样吃蛋糕了。你会胖上两磅，明天就会嫌弃自己，难道你一点都不在意吗？你的动力在哪里？"

我朋友跟我一起坐在桌前，他前俯后仰，然后侧过头，像疯子一样看着她——他的确是个疯子，开始就"动力"二字胡言乱语。"你自然知道，动力就是生活,"他说,"生活本身。它源自拉丁语 motus,意思是移动,运动,参与……"

我母亲看着他。我能从她的表情判断,她不明白这些句子的语法结构。她觉得受到了侮辱:如果她不明白别人告诉她的东西,那她就是愚蠢的。她的神情变得极其轻蔑。"你觉得,你是在告诉我一些我不知道的东西?"她说,"你以为我是昨天刚出生的吗?"这毫不意外。

一个礼拜后,我坐在她的公寓里跟她一起喝茶,她平白无故地对我说:"跟我讲讲你堕胎的事吧。"她知道我三十岁时堕过胎,但她从未提起。反之,我也知道她在大萧条时期堕过三次胎,而我也从未谈及。现在,她的表情突然变得晦涩难解。我不知道是什么让她问出了这句话,也不知道该怎么回答。我该告诉她真相,还是……?管他呢。真相吧。"我是在西八十八街的一间公寓里堕的胎,我双腿举高,蹬在墙上,医生往我的血管里打了杜冷丁,他的诊室就在五十八街和第十大道的交界处。"我说话的时候,她一直点头,仿佛很熟悉这些细节,甚至早已料到。然后她说:"我是在格林威治村一家夜总会的地下室里堕的胎,花了十美元,那个医生哪,你醒来时有一半的概率都是手握着他的阴茎。"我钦佩地看着她,她一条条地与我呼应,并且每一条都更进一尺。我们同时哈哈大笑。这是意外。

然而,另一天晚上,我坐在她的桌前,跟她聊起了我八岁那年她去上班的日子。这是我百听不厌的故事。

"是什么让你下定了决心,妈?我的意思是,为什么是那个时候,而不是别的时候?"

"我一直想上班,一直都是。天哪,口袋里有自己挣的钱,那感觉我太喜欢了!那是战争时期,你扔块石头就能砸中七份工作。我无法抵挡这样的诱惑。"

"所以你做了什么?"

"有天早上我看了招聘启事,换好衣服,坐地铁去市中心,申请一份工作。十分钟后,我就得到了那份工作。那家公司的名字叫什么来着?我记不起来了。"

"安吉莉卡制服公司。"我立刻接上。

"你还记得!"她对我露出幸福的笑容。

"看看,她还记得。我都不记得了。她还记得。"

"我现在是你的生命数据库,妈。"

"对,你是,你就是。现在让我们想想,说到哪儿了?"

"你到市中心,找到了工作。"

"是的。于是我回家告诉爸爸,'我有工作了。'"

"他做何反应?"

"不高兴。非常不高兴。他不希望我去上班。他说:'在这个地方,别人家的老婆都不上班,你为什么要上班?'我说:'我才不管别人家的老婆怎么样,我就是想上班。'"她凝视着那段回忆,摇了摇头。她的声音在颤抖:"但这样不行,不行。我没能坚持多久。"

"八个月。"我说。

"是的,八个月。"

"为什么,妈?为什么只干了八个月?"

"爸爸总在抱怨。他总在跟我说:'孩子们需要你。'"

"傻话,"我打断她,"我记得因为你在工作,我非常兴奋。我喜欢往脖子上挂一把钥匙,每天下午冲回家,做一些能减轻你负担的家务。"

"然后他说:'你瘦了。'"

"你当时超重二十磅。能变瘦多棒呀!"

"我能怎么说呢?"她对我说,"你要么会把家里搅得鸡飞狗跳,要么就会开心起来。我想要开心。他不希望我去上班。我就不再上班了。"

我们都沉默了,过了一会儿,我说:"妈,如果换到现在,爸爸说他不希望你工作,你会怎么做?"

她看了我好一阵子。她八十岁了,老眼昏花,满头白发,身体虚弱。她喝了一口茶,放下杯子,平静地说:"我会跟他说,去你的吧。"

这着实意外。

礼拜六,我们在林肯中心图书馆,准备听一场午后音乐会。我们来迟了,座位全满了。我们靠着墙,站在熄了灯的礼堂里。我开始担心。我知道母亲没法连续站上两个半小时。"我们走吧。"我对她耳语。"嘘——"她一边说,一边用手推开空气。我环顾四周。我旁边靠走道的位子坐着一个小男孩,他正在座椅上扭来扭去。隔壁是他年轻的母亲。在她的旁边,有另一个小男孩,男孩身边是那位丈夫兼父亲。女人把坐在走道旁的小男孩抱到腿上,示意我母亲坐下。我母亲弯下腰,朝那个女人露出自己最灿烂的微笑,腼腆地说:"等你到了八十岁,如果想在音乐会上找个位子,我会回来给你让座的。"女人很开心,转头跟丈夫分享自己的快乐。"不可能的。"他恶狠狠地盯着我的母亲。"这里坐着一个没忘记身份的犹太儿子。"他的回答让我大吃一惊,让我想起我母亲一直多么有魅力,她又是多么不愿意放弃这个最古老的绝招,而她这种魅力是多么危险,多么靠不住。

日子一天天过去。我的公寓需要重新粉刷。我在她的沙发上睡了两晚。在这里借宿时,我喜欢早上起来自己煮咖啡,因为她习惯喝淡咖啡,而我喜欢浓咖啡。另一方面,她相信她的淡咖啡才是煮咖啡的正确方法,尽管她对我说:"好吧,你既然不喜欢我做的咖啡,就自己做吧。"她跟我一起站在厨房里,指挥我按她的方式煮咖啡。

"够了。"我往壶里舀咖啡豆时,她说。

"不,还不够。"我说。

"够了。看在上帝的分上,够了!"

"你自己看看,妈。看看它离刻度线还有多远?"

她定睛一看。铁证如山。壶里并没有足够的咖啡豆。她背过身去,拿刀刃似的手掌边缘划开空气,做出了那个不予理会的熟悉动作。

"啊,别烦我。"她带着深深的厌恶,颤抖着说道。我看着她远去的身影。她那种不屑一顾的态度:它将最后一个离场。事实上,它永远不会消散。这是她话语的象征,是她存在的特色,是她眼中的立足之本。对她来说,对别人的否定就是努力让自己摆脱愚昧,辨事物,明是非,绝不轻视自己准备阐明的观点。她的生活骤然压在了我的心上。

我们都不再像过去那样执着于公允,彼此的对抗也不再你死我活。我们度过了共同的生活,就算不是携手共度,至少生活里也总有对方的身影,现在我们之间有了一种特别的同志情谊。但指责与反击的习惯是如此顽固,我们最近的对话因此有点失控。

"我都经历了什么呀。"我母亲叹息道。

"你什么都没有经历。"我反诘道。

"你他妈好大的胆子,"她大吼,"竟敢这样跟我说话!"

沉默。愤怒。分离。

出人意料的是,她脸色稍霁,并说:"你知道现在农家干酪要多少钱吗?你一定不愿相信。二百五十八一磅。"

我愿意相信,我愿意。当我看到愤怒的自怜从她脸上消失,我便让自己的也一并消散。如果她在唇枪舌剑中说:"好吧,这就是你得到的母亲,也许换一个会好一点,可是太糟糕了,你的母亲就是眼前这一位。"而我点点头:"你可以再说一遍。"我们就会一起哈哈大笑。似乎我俩谁也不希望在对话中比对方持有更久的敌意。我想,我们都为此惊讶:我们已经活了足够长的时间,因此可以在整整几分钟的时间里,只在乎携手生存于世上,而不是执着于自己从对方那里得到了什么,或是没有得到什么。

但这种意想不到的平静并不持久。它飘忽不定,晕头转向,带着不可靠的活力突然闪现,又在最需要的时候拒绝出现,或是在露面时威力大减。我们之间的情势并不稳定。波动是我们的日常情况。这种不稳定很惊人,充满神秘与期望。我和她,我们不再正面冲突。一定程度的距离已经永久达成。我看到了分离的快乐。这一点小小的空间给我提供了间歇但有用的兴奋,这种兴奋源于我相信自己能独自开始,也能独自终结。

现在是八月:纽约遭遇围困。无风的热浪像一座大山,压在城市的街道上。酷热让夏天的感官享受荡然无存。它只叫人不堪其苦。

昨天,我跟一位朋友在佩雷公园喝冰茶,从一天的疲惫中暂时缓了过来。我们身后的流水墙形成了一个出奇凉快的三壁庭院。我们凝视着距自己只五十英尺的街道,它在闪闪发光。

我和我朋友通常很健谈,此刻却无精打采地说着各种琐事：计划中的工作、手头的工作、他刚看的一部电影、我在读的一本书、我俩某个共同朋友的新恋情。我原以为我对所有的话题都予以了同等的回应，但那位朋友对我说："你对男人明显不大感冒。"

"为什么这么说？"我问。

"我认识的其他女人——还有男人，他们如果跟你一样长久没有性生活，就会一直想着这件事。它是第一要务。你不是这样。你似乎从不考虑这件事。"

他说这话时，我看到自己躺在傍晚时分的床上，一个男人将脸埋在我的脖子里，他将手慢慢从我的大腿移到我的臀部，阳光透过百叶窗，在我们身上投下了炽热的条纹光斑。这幅景象瞬间将我烧穿。我对自己失去的东西感到震惊：爱情的乐趣和甜蜜，还有芬芳与光芒。我用力咽了一口空气。

"是的，"我说，"我不考虑。"

生活是艰难的：荣耀总与惩罚相伴。思想令人兴奋，是一位迷人的伙伴。但孤独让我备受煎熬。当奋斗与自怜达到平衡时，我觉得自己是怪女人中的一员——也就是说，我看到自己站在持续了两百年的惊人努力之上，我已全副武装，被赋予了新的精神与新的意志。但失去平衡时,我觉得自己生生埋葬在失败与匮乏中,没有爱,没有联结。友谊是随机的,冲突是普遍的,工作则处处不顺心。

今晚,我苟延残喘,尚能勉强支撑。我坐在母亲的餐桌旁喝咖啡。我们刚吃过晚饭。她站在水池边洗碗。今晚我们都很烦躁。"一定是因为天太热。"她说。公寓里有冷气,但我俩都太喜欢真实的空气。我们关掉空调,打开了窗户。楼下拥挤嘈杂的街道瞬间侵入房间,但这份喧嚣很快就褪成了白噪声,那是一种嗡嗡的背景音。我们几乎立刻回到了自己烦躁不安的忧郁之中。

我母亲知晓我的一切想法,也熟悉我一连串抱怨的惯常顺序:工作、朋友、金钱。今夜,昨天在佩雷公园的谈话似乎乘着性感的夏日空气飘进了窗户,我惊讶地发现自己在说:"要是现在有一点爱就好了。"

我原以为母亲会笑着说:"你今晚怎么了?"然而,她甚至没有从碗碟上抬起头来,只是一边继续机械地洗碗,一边对我说:"唔,现在也许你能稍微同情一下我了。"

我缓缓抬头看她。"什么?"我问,我不确定自己有没有听错,"你刚才说什么?"

"我说,也许现在你能理解,爸爸去世后,我的生活是什么样的。这么多年我是怎么过来的。既然你自己也在忍受没有爱情的痛苦,也许你就能理解这一切了。"

我盯着她,看了又看。然后我从桌旁站了起来,打翻了咖啡杯。我像一头困兽,飞快地冲向厨房的墙壁。她手里在洗的锅"哐当"一声掉进了水池。

"你到底在说什么?"我吼道,"你在说什么?又是爱?又是爱?难道我至死都不会听见你谈论别的东西?我的生活对你来说毫无意义吗?一点也没有吗?"

她站在水池边,吓傻了。她盯着我,嘴唇发白,血色全无。我感觉自己快把她吓死了,但我停不下来。

"的确,"我继续发火,虽已极力压低声音,却依然凶狠无比,"我并不成功,爱情上、工作上都是如此,也没能过上有原则的生活。同样,我没有做出选择,未能表明立场,只是跌跌撞撞地在生活里摸索,因为我对那个自己无法触及的世界既愤怒又嫉妒。尽管如此!妈,我发现了一个好主意——一个人应该努力去过自己的生活,难道我不该为此得到半点表扬吗?这不重要吗,妈?这一点意义都没有吗,妈?"

她的恐惧变成了怜悯与懊悔。最近她变得这样和顺,真令人心碎。"不,不,"她提出反对,"那是另一回事。我没别的意思。你当然应该得到表扬。世界上所有的表扬。别那么激动。我只是试图与你共情。我说错话了。我现在都不知道该怎么跟你说话了。"

她正想接着往下说,却又突然住了口。另一个念头吸引了她的注意。防线陡然转向。"你难道不明白,"她轻轻地恳求,"爱是我曾拥有的一切。我拥有过什么?我什么都没有。什么都没有。我那时还会拥有什么?我又能拥有什么?你所说的关于你生活的一切,都是真的,我知道它千真万确,但你一直有你的工作,至今依然如此。你还会出门旅行。我的天,你四处游历,走遍了半个地球。只要能让我旅行,我愿意付出任何代价!可我只有你父亲的爱。这是我生活中唯一的甜蜜。所以我爱上了他的爱。我还能怎样呢?"

但一起心碎不是我们的风格。"这不够好,妈,"我说,"他去世的时候你才四十六岁。你本可以投入自己的生活。那些远不如你的女人都做到了。你自愿待在'爸爸的爱'这个念头里面。这太疯狂了。你困在爱的念头里,度过了三十年。你本可以过上充实有趣的生活。"

谈话就此结束,她不再恳求。她板起脸,挺直身体,恢复了熟悉的顽固。"所以,"她又开始说意第绪语,那种讽刺而轻蔑的语言,"你要在我的墓碑上写下:从一开始,一切就已覆水难收。"

她从水池里的碗碟上转过身,仔细地用毛巾擦干双手,从我身边走过,进了客厅。我站在厨房里,低头看着地板上的印花油毡,不过,过了一会儿,我也跟了上去。她伸展四肢,躺进沙发,手臂搭在额头上。我在离沙发不远的椅子上坐了下来。这张沙发和这张椅子的摆放位置跟在布朗克斯客厅时的一模一样。不难发觉,我们几乎一辈子都是这样,她躺在这张沙发上,我坐在这张椅子里。

我们沉默不语。因为我们的沉默,街上的喧嚣愈显嘈杂。这让我想起,我们不在布朗克斯,我们在曼哈顿:这段旅程对我俩来说,不止相隔几站地铁。然而今晚,这个房间多么像另一个房间,而阳光,那渐渐转暗的夏日夕阳,突然像是另一束微弱阳光的模糊翻版——门厅里照在我们身上的那一束阳光。

我母亲打破了沉默。她用不带一丝情绪的声音——客观、好奇,只想得到信息——对我说:"你为什么还不走?你为什么不离开我的生活?我不会阻止你的。"

我看到那阳光,也听见那街道。我一半在屋内,一半在窗外。

"我知道你不会的,妈。"

译后记
普通母女的依恋与别离

蒋慧

这本书不是一份母女相处指南,而是无数母女关系中的一种。它私密、特定、独一无二,却普适——像一面人人能照的镜子:你看向它,会发现自己与母亲的纠缠早已埋伏其中,而你们身后的广袤远景,就是生命的起点与流向。

身为作家的女儿写起自己的母亲,坦诚得可怕:"我跟母亲的关系并不好,年岁越长,往往像是越糟糕。"

这段绵延了十几万字的母女关系,其实远比"糟糕"二字复杂。正如戈尔尼克对母亲的感情,也不能简化成母亲口中的:"你恨我。我知道你恨我。"

"糟糕"与"恨"真实存在,因为作家的母亲也不过是一位普通的母亲。

普通母亲最擅长扫兴:"我"跟她分享生命的体悟,她充耳不闻,只喋喋询问房租、稿费和天气;"我"出色地完成一次演讲,她只字不提,却滔滔讲述自己的梦境。

普通母亲放不开对子女的干预:她明知时代已经变化,却在女儿的整个青春期就童贞一事频频发出难堪诘问;她清楚自己与女儿对咖啡的喜好不同,可依然站在厨房,监督年过四十的女儿按她的指示煮咖啡。

普通母亲甚至不知道如何表达自己,只能把所有消极情绪都化作愤怒:当"我"讲出她不能理解的句式与想法,她挥拳砸碎浴室的玻璃门,没发觉自己是为蒙昧羞愧;当"我"与异教徒举行婚礼,她咬牙切齿地诅咒"我"永远结不了婚,看不穿自己是因分离而伤心。

而"我"——这位作家女儿,又是怎样的存在?

"我"念研究生,写文章,出书,结婚又离婚,一生无子女,是旁人眼中的"新女性、自由女性和怪女人",可在母女关系中,"我"始终是那个没能实现母亲期待的普通女儿。

普通女儿在生命的最初与母亲亲密无间。爱母亲，几乎是每个女儿的本能，何况书中这位犹太移民母亲如此值得崇拜：她没有口音，举止笃定，还拥有幸福的婚姻；在布朗克斯，她鹤立鸡群，比别的女人都"文明"；在家里，她"把家务干得无可挑剔"，却对自己的才能不以为意。幼年的"我"终日与母亲待在厨房，虔诚地吸收母亲的影响，任由她的想法"印在了我的心上，就像染料附着在最易吸色的布料上"。

童年过去，自我滋长，普通女儿第一次在精神上与母体分离。对母亲的观察从全盘接受变成了秘密审判，"我"开始察觉母亲的优越感潜藏傲慢，也开始知道母亲的爱情观极为狭隘，甚至敏锐地发现父母的幸福婚姻是母亲刻意维系的表象。如果不是父亲离世，也许"我"已学会与母亲拉开距离，但痛失所爱的母亲伤心欲绝，"我"害怕母亲随父亲一起离去，因此即便感觉母亲的哭天抢地像一场"丧亲大戏"，我也依然"执意让母亲停留在我的视线之内"。母亲的抑郁令人窒息，"我无比渴望远离她，却没法走出她身处的房间。我害怕她下班回家，但她归来的那刻我却从未缺席"。

成年后"我"读书、恋爱、工作，增长见识也增长年纪,但从未真正远离母亲。"我"依然与母亲一起散步,一起追忆布朗克斯的故人与旧事。"我"还总是徒劳地想"把心中迸发的光芒分一点给她,把自己生活里的巨大快乐匀一些给她。只因她是与我相识最久的亲密伙伴",这才有了结尾处母亲与"我"激烈争执后抛出的那个问题:"你为什么还不走?你为什么不离开我的生活?"

难道"我"没有尝试离开吗?戈尔尼克早就知道"我们当中必有一人会死于这种依恋"。一直以来,"我"用尽各种方法,试图摆脱母亲的影响,避免成为母亲的翻版。

小时候,"我"在与母亲截然不同的女性身上吸收新鲜的阅历。譬如好朋友的母亲——精神状况堪忧,但热爱艺术、珍视情感的肯纳太太;最亲密的邻居——对家务一窍不通,却擅长装扮、精于情事的内蒂。她们像一级阶梯,让我踏出了离开母亲、进入世界的第一步。

上了大学,学校教"我"追求思想、了解自我,"我"对文学的热爱也在那里枝繁叶茂。"我"开始使用母亲未曾掌握的词汇,讨论母亲难以领会的观念。"我"依然住在家里,但"已经开始悄悄生活在一个存在于内心的世界,在那个世界里,我们读书、聊天、思考的方式将我们与父母、家里的生活、街头的生活都区隔开来"。

当然还有爱情,斯特凡、戴维、乔……恋情是一种避难所,虽然"我只是一直和他们躲在一起",可他们的确将"我"带进了新世界,让"我"离开了母亲,早在与斯特凡结婚时,我就在母亲的嫉妒中明白了这一点:"这个迷人的异教徒将带我走进外面的世界。"

不过,"我"与母亲最大的分野是工作。工作在"我"这里,约等于自我。母亲将爱情排在自我的前面,所以她因为丈夫的反对,舍弃了自己喜欢的事业,不情不愿地当起了家庭主妇;"我"却永远无法抛下自我,"我"爱一个人,"只能爱到某个限度。超过这个限度,我就无法再给予心中那种隐晦的感情",工作才是"我"不离不弃的忠诚伴侣,是我对抗在亲密关系中所受伤害的武器。

别离的进程缓慢而曲折,别离的尝试却在这个过程中——瓦解。内蒂死了,学生时代远去,爱情全以失败告终,工作忽明忽暗,不知会去向何方。

试图离开母亲,就是企图离开生命的原点,它不仅包括那个养育自己的女人,也包括性别、种族、故乡、阶层。对戈尔尼克而言,是女性身份,是犹太人,是布朗克斯区,是平民。这些元素缠杂在一起,曾给予"我"力量,也对"我"发起过无数次重击。

试图离开母亲,也是奋力与过去对抗。来自旧时代的母亲,拥有旧思想、坚持旧标准,并且固执地停留在旧世界。她不止一次感叹"你们是怎样的一代人啊",上一代的生活在女儿眼中是"一种移民的生活,一种工人阶级的生活,一种属于上个世纪的生活",在母亲心里却是"一种更有人情味的生活"。

以一己之力与整个时代、整个文化对抗,戈尔尼克的装备只有自我,只有工作。

内心澄明、创造力旺盛的时候,"我"兴奋不已,那种快乐"没有哪句'我爱你'能望其项背"。快乐的"我"有了载人的力量,"我"要引渡母亲脱离那灰暗死寂的孀居生涯。

工作不顺,苟延残喘的时候,母亲口中的"爱情"让我一点就着,"我"斥责她在父亲去世后没有投入自己的生活,只是"困在爱的念头里,度过了三十年"。

——这位普通女儿哪里是想离开母亲的生活,她根本是想带着母亲,一起离开陈腐而苦涩的旧时代。

"我"明明早已发现母亲与自己是两种人:"我"在艺术的神龛前顶礼膜拜,母亲跪拜的却一直是爱情。但"我"依然想让自己的新发现、新理念、新体会得到母亲的认可,想把她改造成与自己同频共振的同志与伙伴。"我"渴望与她求索困扰了彼此一生的问题:"我们是谁?该怎样找到自我?""我"以为"我"是"先锋。我将带领她走向新世界。她要做的只是爱上我即将变成的那个样子,然而她拒绝如此"。

这就是普通女儿的痴心,她放不开这种最久远的联结,也忘不了它的开端是纯粹的爱与强烈的依恋,因为每一位普通母亲都是普通女儿唯一的母亲:"这就是你得到的母亲,也许换一个会好一点,可是太糟糕了,你的母亲就是眼前这一位。"

别离当然没能成功。

最大的敌人不是母亲,而是时间。在激烈的斗争与反复的和解当中,时间滚滚向前。"我"从中年走向衰老,而母亲,"一辈子过去了"。她依然会说起"爸爸的爱",依然会谈论布朗克斯的故人旧事,依然习惯用愤怒掩饰恐惧和惭愧。很难判断她面对过去,心中是怀念,还是追悔。往事已矣,母亲的生命已没有多少转圜的余地。

而暗中审判母亲的女儿,也不可避免地承认:"我是我母亲的女儿。""我"像母亲一样,把"这太荒唐了"当作口头禅。"我"像母亲一样,没能拥有美满的家庭。"我"甚至像母亲一样,面对挫败(无论是因为爱情,还是因为工作),只能沮丧地躺在沙发上发呆。

但别离也不算失败。

有些曾经做出的选择,已经在岁月里更改了正确答案。譬如被问及"如果换到现在,爸爸说他不希望你工作,你会怎么做"时,八十岁的母亲回答:"我会跟他说,去你的吧。"譬如敦促女儿进入"家庭生活"的母亲,终于不再认为乔"把自己的意志强加给我这种事根本微不足道",而是暗中叮嘱女儿:"不要结婚。"

"我是我母亲的女儿"也并非是全然负面的结局。谁能百分之百确定,"我"对创作的执着不是承继自母亲对政治与演讲的热情?谁又胆敢声称,"我"永远把自我与工作排在爱情的前面,与母亲那句"我发现,当一个女人没法叫一个男人去死的时候,她通常已经疯了"没有半点关联?

母亲、"我",与整个时代,一起从晦暗的往昔里,缓慢地向前走了一步。

以上,就是这本伟大回忆录的大致脉络。

它的伟大,首先在于显见的文学之美。

明明是非虚构,却有小说般的精妙结构。同一件事,戈尔尼克会在书中不同的位置,借好几个角色的目光与语言反复叙述,而每一次叙述,都像剥开一层洋葱,让读者更加接近事情的真相,也慢慢探入那颗催人泪下的情感内核。譬如母亲沉闷的孀居生涯,在女儿眼中是令人窒息的抑郁,是懒惰与懦弱,但在全书的结尾,读者等来了母亲令人心碎的解释:爸爸的爱是她曾经拥有的一切,是她生活中唯一的甜蜜。譬如在本氏度假屋度过的夏天,让"我"记住了多萝西一家的美貌与狂野,让多萝西铭记的却是"我"和母亲的傲慢与刻薄,但"我"和多萝西都没发觉,当时"我"的母亲对多萝西的母亲除了批评与指点,也有欣赏与悲悯。

书中也常有诗意盎然的意象。她写母亲的眼泪,"泪水流了下来,慢慢涨潮,溢满整个走道,流进厨房,淌过客厅,拍打着卧室的四壁,把我们一起冲走了";写体内的创作冲动,"我的五脏六腑化作一个矩形,里面满是纯净的空气与整洁的空间,它起于我的额头,终于我的鼠蹊";写痛苦的乍现与骤停,"仿佛我在能见度本就很低的夜晚开车穿过了一片浓雾"。多么美妙。

但这本回忆录之所以动人,还源于情感的饱满与思想的深邃。

戈尔尼克本人从未为人母,因此她对母亲的观察可谓是一种单向理解。但这有什么关系呢?天才的共情能力可以超越身份的局限,就像"我"撞破内蒂与牧师的秘密时,能同时感知内蒂的欢愉与牧师的痛苦。

她客观而尖锐地审视母亲,也解剖自己。她不加掩饰地袒露对母亲、对自己、对爱、对世界的复杂感情。她打动所有女儿,也打动所有母亲,我想这份感动,也会穿透性别的隔膜。

是的,戈尔尼克深深地打动了我。翻译这本书的过程不像翻译,而像倾诉。因为她的困境就是我的困境,她与母亲的争吵模式与我自己的母女纠葛如出一辙。我不想生育的原因全都被她写在了这本书里,我对母亲的爱也在别离的尝试中悄悄变形。我跟她一样,常常对自己、对母女关系灰心丧气。我不知道为什么明明有那么多可能性，明明溅起过变革的水花、描绘过理想的图景，却总会回落到单一而悲哀的铁律：我无法达成母亲亘古不变的期待，母亲也并不想找寻那个云遮雾罩的自我。

"你为什么不离开我的生活？"我不知道我的母亲有没有在心中徐徐问出这句话。但我常常这样问自己：我为什么不离开她的生活呢？

可离开真难。我曾把母亲当作自我与自由的对立面，可母亲其实不是任何概念的反义词。她只是那颗圆心，我离开她，就滑入了复杂而庞大的世界，我在里面捕捞的不见得是自由与自我，也可能是失败与怀疑。就像戈尔尼克背着母亲偷偷溜进内蒂家时，以为自己如果不进门，就是放弃了性，然而"我那时太过年轻，我不知道背叛妈妈并不能保证我不会放弃性"。

我像一只吐丝的蜘蛛，而母亲就是轻柔的蛛网。正是那些失败与怀疑，让我一次次回到那张空空的蛛网，又一次次愤愤地离开那种令人恼火的缠结。我想带她一起出走，但她钉在原地。柔情与伤害在我们之间交替上演，伤口结痂又裂开，愈合又再添。

我只能在戈尔尼克与母亲波动的关系中找寻信心。当书中的女儿成功压抑心中的怒火，当顽固的母亲学会平静地表达嫉妒——无论这样的和平是多么短暂，我都为她们骄傲，也为自己激动。我虽然不再期待，但我保持希望，希望母亲和我仍有足够的时间，一起经历书中的温柔时刻：

"记住，"她说，"你是我的女儿。坚强。你必须坚强。"

"哦，妈！"我喊道，我恐惧、贪婪、热爱自由的生命涌上心头，从我柔软的脸上溢出，而这张脸，是她给我的。

它令我明白母女关系也是一种时间关系，也让我管窥了繁衍的意义和生命的奇迹：我就是我母亲的女儿，这是事实；我也是我自己，这也是事实。

2023 年 9 月

图书在版编目（CIP）数据

你为什么不离开我的生活？/ (美) 薇薇安·戈尔尼克著；蒋慧译. -- 北京：北京联合出版公司, 2025.
3. -- ISBN 978-7-5596-7765-5

Ⅰ. I712.55

中国国家版本馆CIP数据核字第20246T6W58号

FIERCE ATTACHMENTS: A Memoir by Vivian Gornick
Copyright © 1987 by Vivian Gornick
Introduction copyright © 2005 by Jonathan Lethem
Published by arrangement with Farrar, Straus and Giroux, New York.
All rights reserved.
本书中文简体版版权归属于银杏树下（上海）图书有限责任公司

北京市版权局著作权合同登记　图字：01-2024-3789

你为什么不离开我的生活？

著　　者：［美］薇薇安·戈尔尼克　　译　　者：蒋　慧
出 品 人：赵红仕　　　　　　　　　　选题策划：后浪出版公司
出版统筹：吴兴元　　　　　　　　　　编辑统筹：尚　飞
责任编辑：徐　鹏　　　　　　　　　　特约编辑：毛菊丹
营销统筹：陈高蒙　　　　　　　　　　装帧制造：墨白空间·李　易
排版制作：李会影　　　　　　　　　　营销编辑：陈　桦

北京联合出版公司出版
（北京市西城区德外大街83号楼9层　100088）
北京盛通印刷股份有限公司印刷　新华书店经销
字数125千字　787毫米×1092毫米　1/32　8.125印张
2025年3月第1版　2025年3月第1次印刷
ISBN 978-7-5596-7765-5
定价：49.80元

后浪出版咨询(北京)有限责任公司　版权所有，侵权必究
投诉信箱：editor@hinabook.com　　fawu@hinabook.com
未经书面许可，不得以任何方式转载、复制、翻印本书部分或全部内容
本书若有印、装质量问题，请与本公司联系调换，电话010-64072833